KB193358

PERSONAL STEREO

PERSONAL STEREO
by Rebecca Tuhus-Dubrow

지식산문 ○ 02

PERSONAL STEREO

복복서가

지식산문 O 시리즈는 평범하고 진부한 물건들을 주제 삼아 발명, 정치적 투쟁, 과학, 대중적 신화 등 풍부한 역사 이야기로 그 물건에 생기를 불어넣는 마법을 부린다. 이 책들은 매혹적인 내용으로 가득하고, 날카로우면서도 이해하기 쉬운 문장으로 일상의 세계를 생생하게 만든다. 경고: 이 총서 몇 권을 읽고 나면, 집 안을 돌아다니며 아무 물건이나 집어들고는 이렇게 혼잣말할 것이다. "이 물건에는 어떤 이야기가 숨어 있을지 궁금해."

_스티븐 존슨,
『탁월한 아이디어는 어디서 오는가』 저자

'짧고 아름다운 책들'이라는 지식산문 O 시리즈의 소개말에 전적으로 동의한다. (…) 이 책들은 우리가 당연하게 생각했던 일상의 부분들을 다시 한번 돌아보도록 영감을 준다. 이는 사물 자체에 대해 배울 기회라기보다 자기 성찰과 스토리텔링을 위한 기회다. 지식산문 O 시리즈는 우리가 경이로운 세계에 둘러싸여 있다는 사실을 상기시켜준다. 우리가 그것을 주의깊게 바라보기만 한다면.

_ 존 워너, 〈시카고 트리뷴〉

1957년 프랑스의 평론가이자 기호학자 롤랑 바르트는 획기적인 에세이 『신화론』을 출간했다. 이 책에서 그는 세탁 세제에서 그레타 가르보의 얼굴, 프로레슬링부터 시트로앵 DS에 이르기까지 당대의 대중문화를 분석했다. 짧은 분량으로 이루어진 지식산문 O 시리즈는 바로 이 전통을 계승하고 있다.

_ 멜리사 해리슨, 〈파이낸셜 타임스〉

권당 2만 5천 단어로 짧지만, 이 책들은 결코 가볍지 않다.

_ 마리나 벤저민, 〈뉴 스테이츠먼〉

게임 이론의 전설인 이언 보고스트와 문화연구학자 크리스토퍼 샤버그가 기획한 지식산문 O 시리즈는 선적 컨테이너에서 토스트에 이르기까지 일상의 물건들에 관한 짧은 에세이를 담은 작고 아름다운 책이다. 〈디 애틀랜틱〉은 '미니' 총서를 만드는데, (…) 내용에 더 내실 있는 쪽은 주제를 훨씬 더 깊이 탐구하며 디자인도 멋진 이 시리즈다.

_코리 닥터로, 〈보잉보잉〉

이 시리즈의 즐거움은 (…) 각 저자들이 자신이 맡은 물건이 겪어온 다양한 변화들과 조우하는 데 있다. 물건이 무대 중앙에 정면으로 앉아 행동을 지시한다. 물건이 장르, 연대기, 연구의 한계를 결정한다. 저자는 자신이 선택했거나 자신을 선택한 사물로부터 단서를 얻어야 한다. 그 결과 놀랍도록 다채로운 시리즈가 탄생했으며, 이 시리즈에 속한 책들은 그 자체로 하나의 작품이다.

_줄리언 예이츠,〈로스앤젤레스 리뷰 오브 북스〉

유익하고 재미있다. (…) 주머니에 넣고 다니다가 삶이 지루할 때 꺼내 읽기 완벽하다.

_ 새라 머독, 〈토론토 스타〉

롤랑 바르트와 웨스 앤더슨 사이 어딘가의 감성.

_ 사이먼 레이놀즈,

『레트로마니아』저자

차례

들어가며

2009년 BBC 〈뉴스매거진〉은 13세 소년 스콧 캠벨에게 아이팟 대신 워크맨을 잠깐 사용해보고 소감을 말해달라고 요청했다. 그해는 워크맨 출시 30주년이 되는 해였다. 캠벨은 흔쾌히 응했다.

캠벨은 워크맨을 이렇게 회상했다. "아빠가 크다고 말했지만 그렇게까지 클 줄 몰랐어요." 그는 이 기기가 무겁고 번거롭다고 거듭 생각했다. 공공장소에서 워크맨을 착용했을 때는 자신을 이상하게 바라보는 시선 속에서 창피함을 느꼈다. 캠벨은 "쉭쉭대는 소리"와 "윙윙거리는 소음"을 들었고, 그 원인으로 "끔찍하게 짧은 배터리 수명"을 꼽았다.

그는 이 실험이 교훈적이라고 생각하면서도 주

말이 되면 다시 아이팟을 쓸 수 있다는 점에 안도했다. 캠벨은 궁금해졌다. "아빠는 정말 이게 믿을 만한 기술이라고 생각했을까?"[1]

***

내가 스콧 캠벨의 나이였을 때만 해도 워크맨은 놀라운 기술이었다. 지금 워크맨을 생각하면 떠오르는 감정은 기쁨이다. 산책을 하거나 버스를 오래 타는 것은 나에게 몽환적인 세계로 빠져들 수 있는 기회였다. '꺼내기' 버튼을 눌러 문을 연 뒤 나는 마치 사람 눈처럼 구멍이 두 개 뚫린 직사각형 플라스틱 카세트를 플레이어에 조심스럽게 밀어넣었다. 그러고는 '재생' 버튼을 누르면 갈색 리본이 일정하게 움직이기 시작했다. 덮개로 싸인 헤드폰을 통해 멜로디와 목소리가 내 귀로 흘러들어왔다.

1990년대였다. 나는 이산가족 상봉을 기념하거나 이웃마을 스포츠 팀을 찬양하는 내용이 적힌 티셔츠를 구하기 위해 구세군 진열대를 무작위적으로 샅샅이 뒤졌다. 좀더 대담한 친구들은 자홍색과 청록색으로 머리카락을 염색했다. 너바나, 픽시스, 다이노서 주니어의 앨범을 카세트테이프로 계속 감상했고, 알이엠의 〈슈퍼맨〉이나 비트해프닝의 〈인디언 서머〉처럼 내가 좋아하는 노래에 마돈나, 마이클 잭슨의 히트곡 몇 개를 세심하게 선별해 믹스테이프를 만들었다. 때때로 노래와 노래 사이에 딸깍 소리가 나기도 했고, 어색할 만큼 길게 멈추는 경우도 있었다. 웃음소리가 들리기도 했다. 한 곡이 끝날 무렵 다음 곡의 오프닝 코드가 머릿속에서 들리기 시작하는 것처럼 나는 어느새 이런 소리를 기대하고 있었다.

그다지 좋다고 볼 순 없지만 여전히 애틋한 기억이 있다. 바로 기술적 결함에 대한 것이다. 처음에는 거의 알아차릴 수 없을 정도였다가 음악이 느려지기 시작하면 나는 공포에 휩싸였다. 그러고는 이 두려움이 편집증에 불과할 거라는 희망에 매달렸다. 하지만 목소리는 점점 늘어지고, 깊어졌다. 마돈나의 목소리가 바리톤으로 변했다. 이 현상은 다음 두 가지를 의미했다. 내 배터리가 바닥나고 있다는 것. 따라서 음악 없이 남은 여정을 견뎌내야 한다는 것. 테이프가 기계에 걸려 엉망이 되는 경우도 있었다. 그러면 테이프를 빼내 부드럽게 다듬은 후 카세트 구멍 중 하나에 손가락을 집어넣어 테이프를 다시 말아야 했다.

워크맨을 처음 구입한 때가 언제였는지는 기억나지 않는다. 놀라웠던 최초의 청취 경험에 대한 기억 역시 전혀 없다. 나에게 워크맨은 VCR, 팩스머신과 함께 젊은 시절 기술적 가구의 일부였다. 내가 태어난 이듬해인 1979년에 출시되었을 때만 해도 워크맨이 환희와 더불어 경각심을 불러일으켰다는 사실 같은 건 잘 몰랐다. 그후 몇 년 지나지 않아 오스트리아에 기념비가 세워지고, 제작자가 영국 여왕으로부터 명예기사 작위를 받았으며, 한편으로는 워크맨 사용을 제한하는 법안이 발의되고 (반쯤은 농담이었겠지만) '반인륜적 범죄'로 비난받았다는 점 역시 전혀 눈치채지 못했다.[2]

숙고해보면 당시의 소란스러움이 왜 발생했는지를 알 수 있다. 최초의 대중적인 개인용 기기인 워크맨은 지금은 우리가 당연하게 여기지만 당시에는 거의 전례 없었던 가능성을 제시했다. 워크맨은 사람들에게 주변 환경을 조정하면서 자신의 경험을 향상시킬 수 있는 힘을 부여했다. 이를 통해 우리가 언제나 스스로 선택한 오락거리에 접근할 수 있고, 더 나아가 그렇게 해야 한다는 아이디어에 불을 지폈다. 워크맨은 현재 우리가 '멀티태스킹'이라고 부르는 용어가 내포하는 모든 효율성과 산만함을 가능하게 만들었다. 그리고 전자기기가 액세서리라는 개념을 정착시켰다. 2010년대에 와비파커 안경과 금이 간 아이폰이 그랬던 것처럼 1980년대 쿨한 이미지의 상징은 젤리슈즈와 스크런치, 그리고 워크맨이었다.

스콧 캠벨의 보고서가 증명하는 것처럼 21세기에 워크맨은 절망적으로 순진하고 원시적이며 투박한 것처럼 보인다. 하지만 당시에는 공공 영역을 분열시킬 거라는 두려움을 불러일으켰다. 한 칼럼니스트는 "만약 사고가 발생해 누군가 다치거나 길 안내가 필요한 상황이 발생하면 어떻게 될까?"라고 쓰면서 한탄하듯 덧붙였다. "워크맨을 든 남자는 도덕적으로 결여된 사람이다. 워크맨으로 인해 우리는 공동체 의식에 대한 모욕에 익숙해졌고, 그 결과 공동체 의식 자체가 약해졌다."[3]

워크맨이 이러한 트렌드의 시작을 알린 이후 기술 변화는 이를 증폭시키는 동시에 매우 다른 트렌드를 불러왔다. 이제 기기는 우리를 주변 사람들로부터 고립시키는 한편 멀리 떨어진 사람들과 연결해준다. 워크맨과 비교할 때 스마트폰은 좋은 의미에서든 나쁜 의미에서든 우리 세계에 훨씬 더 광범위한 영향을 미쳤다. 스마트폰은 나르시시스트와 활동가, 집단 따돌림을 주도하는 사람들과 당하는 사람들, 일을 미루는 사람과 일에 중독된 사람들 모두를 위한 시녀다. 지루하거나 외로울 때 혹은 당황스럽거나 흥분했을 때 우리는 스마트폰에 손을 뻗는다. 스마트폰은 괴로움이나 걱정을 이기지 못한 나머지 꽉 쥔 손으로 글을 쓰는 문화에 새로운 차원의 영감을 불어넣었다. 단, 과거와는 다르게 그 글은 잉크가 아닌 픽셀로 표현된다.

　이 책은 다음 세 파트로 나뉘어 있다. '참신함' '규범' '노스탤지어(향수)'. 이를 통해 워크맨뿐 아니라 결국에는 진부해진 거의 모든 대중적 과학 기술의 궤적을 추적한다. 워크맨이 어떻게 만들어 졌는지 이야기하고, 왜 워크맨이 일찍이 경이로 움인 동시에 위협이었는지 설명할 것이다. 그런 다음 워크맨이 지배했던 세계에서 워크맨의 유행 이 어떻게 분석되고 종종 한탄을 불러왔는지, 그 감각을 전달할 것이다. (워크맨은 전 세계적인 현상 이었지만 내 개인적인 경험과 자료의 한계로 인해 영 미권에 초점을 맞췄다.) 또한 당시의 반응을 살펴 보면서 오늘날 기술에 대한 우리의 공포나 향수를 이해하는 데 이것이 어떻게 도움이 될지 질문할 것이다.

　학계 일각에서는 사회에 독립적·필연적으로 영향을 미치는 외부의 힘으로 기술을 묘사하는 기술결정론 오류보다 더 나쁜 죄악은 거의 없다고 본다. 나 역시 사람은 기기의 꼭두각시가 아니라는 점에 동의한다. 하지만 기기는 우리에게 새로운 힘을 주고, 이를 통해 우리에게 어떤 힘을 행사한다. 따라서 기기가 우리의 삶을 바꾸지 않는 양 행동하는 건 어리석은 일이다. 우리는 기기와 함께 사회와 공공생활의 질감을 고쳐 쓴다.

　용어에 주목해보자. 엄밀히 말하면 '워크맨'은 소니의 브랜드를 지칭하지만 다른 회사에서 모조품을 생산하기 시작한 지 얼마 안 돼 일반적으로 사용되었다. 1986년 이 단어는 옥스퍼드 영어사전에 등재되었다. 이 책에서는 사람들이 일반적으로 이해하는 것처럼 워크맨이라는 단어를 헤드폰이 달린 소형 휴대용 카세트 플레이어를 지칭하는 뜻으로 사용할 것이다. 이 장치는 퍼스널 스테레오라고도 불렸는데 이 용어 역시 가끔씩 쓸 것이다.

이 책의 제목이 '퍼스널 스테레오'인 데는 부분적으로는 법적인 이유(워크맨이 소니 상표이기 때문)도 있지만 '퍼스널 스테레오'가 이 기계의 새롭고 독특한 특징을 적절하게 묘사하기 때문이기도 하다. 기실 휴대용 음악이 새로운 건 아니었다. 예를 들어 1950년대에 등장한 트랜지스터라디오는 큰 센세이션을 일으켰다. 10대들은 함께 또는 혼자서 라디오를 들었고, 거기에 딸린 한 쪽짜리 이어폰을 사용하기도 했다. 하지만 워크맨은 개인 청취자를 위한 개인용 기기이자 스테레오 기능을 통해 청취자를 소리로 감쌌던 최초의 기기였다. 이러한 특징이야말로 워크맨의 경험을 더욱 몰입적으로 만들어준 바로 그 이유다.

책에 녹아 있는 분위기는 노스탤지어다. 만약 내가 운 좋게도 노스탤지어를 공유할 만큼 매력적으로 이 책을 썼다면 많은 독자들과 만날 수 있을 거라고 생각한다. 그렇다고 현재를 원망하면서 과거를 찬양하려는 건 아니다. 잘난 척하면서 혹독하게 구는 얼간이가 되고 싶지도 않다. 무엇보다 내 노스탤지어를 의심해보고 싶다. 나는 워크맨의 가치에 대한 이성적인 관찰로부터 지극히 개인적인 이유를 찾아내려 할 것이다.

퍼스널 스테레오에는 분명 향수를 불러일으킬 만한 몇 가지 구체적인 특징이 존재한다. 이 책의 세번째 섹션에서 이 점을 더 자세히 살펴볼 예정이다. 하지만 나는 내 노스탤지어 중 일부가 기기 자체와는 거의 관련이 없다는 걸 잘 안다. 내가 워크맨, 〈슈퍼마리오 브라더스〉, 큐어*, 〈원더 이어스〉†에 감정이입 하는 이유는 무엇보다 어렸을 때 이것들을 접했고, 그 시절이 더 좋지는 않았으되 더 강렬했기 때문이다. 어두운 영화관에서 8학년 남자친구의 어깨에 머리를 기대고 〈웨인스 월드〉를 봤던 행복감이 지금도 생생하다. 그애는 3주 후에 무례하게 나를 차버렸다. 그 고통은 극심했지만 점점 기억 속에서 사라졌다. 나이를 먹은 뒤 철학적 평정 속에 회상하는 과거의 고통은 심지어 기쁨마저 가져다줄 수도 있다. 나는 그것으로부터 뭔가를 배웠을 수도 있다. 그것이 좋았던 시간을 더 달콤하게 만들었을지도 모른다. 그리고 어찌되었건 그런 경험은 모두 내 것이다.

나는 젊은이들뿐 아니라 일반적으로 과거를 그리워하는 사람들, 특히 불안에 취약하거나 불안을 유발하는 시대에 사는 사람들이 과거를 그리워하는 데는 더 근본적인 원인이 있다고 본다. 바로 불확실성이다. 한데 과거는 그 단점이 무엇이든 이미 일어난 일이라는 미덕을 지닌다. 그리고 우리는 결국 그것을 극복해냈다.

1. 참신함

워크맨의 등장과 그것이 1980년대의 미국에 미친 영향에 대해 알아보기 전에 우리는 전후 일본이라는 매우 다른 시공간으로 거슬러올라가야 한다.

1945년 제2차세계대전이 끝났을 때 이 나라는 폐허가 되어 혼란에 빠져 있었다. 공습으로 40만 명에 가까운 민간인이 사망했고, 약 천만 명의 도시 주민이 시골로 피난을 떠났다. 히로시마와 나가사키에 핵폭탄이 떨어지기 전의 일이었다.

도쿄 근처 선로 위에는 녹슬어가는 철도 차량이, 길가에는 버려진 버스가 놓여 있었다. 미군 차량을 제외하면 사실상 차량 통행은 거의 전무했다. 이곳을 방문한 미국 기자는 주민들의 모습을 "초췌하고 제정신이 아닌 것처럼 보인다"고 묘

사했다. 소문에 의하면 식량이 부족해 부모들은 어린 자녀에게 한 번에 쌀을 한 알씩 먹였다고 한다.[1]

이러한 암울한 분위기 속에서도 일부 사람들은 처형에서 벗어난 듯한 묘한 행복감을 느꼈다. 그들은 국가를 재앙으로 몰아넣은 군국주의 지도자들이 제거되었다는 점에 기뻐했다. 재건이 시작되면서 많은 일본인이 전쟁을 뒤로하고 하루라도 빨리 잃어버린 시간을 만회하기로 결심했다.[2] 그중 특히 추진력이 강한 두 사람이 있었다. 마사루 이부카와 아키오 모리타였다.

모든 상징적인 기업에는 기원이 되는 이야기가 있다. 시작은 초라하되 〈하버드 비즈니스 리뷰〉에서 찬사를 받을 정도로 가파른 상승세를 탄다면 그 스토리는 더욱 훌륭해진다. 이런 측면에서 소니를 능가하는 기업은 거의 없을 것이다.

지금으로 치면 스타트업에 불과했던 1945년 소니의 사무실은 차고나 기숙사 방보다 훨씬 못한 수준이었다. 여덟 명의 직원들은 폭격으로 폐허가 된 도쿄 시내의 백화점 3층 방에 빽빽하게 자리잡고 일했다. 과거 전화교환원들이 일하던 공간이었다. 1947년 1월 그들은 도시 남쪽 변두리로 이전해 허름한 나무 판잣집에 사무실을 열었다. 지붕에 물이 새서 직원들은 때때로 책상에 앉은 채 우산을 펴야 했다. 전후 도쿄의 황폐한 풍경 속에서 이 사무실은 꽤 괜찮은 부동산으로 평가받았다.[3]

이부카와 모리타는 1944년 9월 전쟁용 열추적 미사일을 개발하는 팀의 일원으로 처음 만났다. 모리타는 스물세 살, 이부카는 서른여섯 살이었

다. 나이 차이에도 불구하고 두 사람은 금세 따뜻한 우정을 쌓아갔다.[4]

모리타는 3세기 동안 사케 양조업을 해온 유서 깊은 가문의 후손이었다. 그는 번화한 나고야의 대저택에서 부모님, 세 형제, 여러 친척, 하인들과 함께 자랐다. 그의 특권은 집안의 재산뿐만 아니라 장남이라는 편애받는 지위에서 비롯된 것이기도 했다. 그러나 이러한 지위는 부담이 될 수 있었다. 열 살 무렵부터 그는 가업을 물려받을 준비를 위해 길고 지루한 회의에 의무적으로 참석해야 했다. 임무 가운데는 술을 시음하는 것도 있었는데 그는 특혜를 받았다고 볼 수도 있는 이 일을 별로 좋아하지 않았다. "그렇게 했는데도 술에 대한 미각은 전혀 발달하지 않았어요. 어쩌면 어릴 때부

퍼스널 스테레오

터 그렇게 하는 바람에 발달하지 않은 것일 수도 있겠네요."[5]

어렸을 때 모리타는 전후 일본에서 인기 있는 취미였던 라디오와 축음기를 만지는 데 더 큰 관심을 보였다. 전자제품에 대한 집착이 너무 심한 나머지 학교를 그만둘 뻔한 적도 있었다. 그러나 이내 마음을 다잡고 고등학교와 대학교에서는 학업을 게을리하지 않았다. 전쟁이 발발하자 전투에는 관심이 없던 그는 물리학 공부를 이어가도록 허가해준 제국해군에 입대했다.

이부카의 성장 배경은 소박했다. 그는 산으로 둘러싸였고 천연 온천이 곳곳에 있는 일본 북부 도시 닛코에서 태어났다. 이부카가 세 살이었을 때 세상을 떠난 그의 아버지는 구리 정련소에서 일했다. 이부카는 초등학교 2학년 시절 조립 세트를 선물 받고 "물건을 조립하는 즐거움"을 배웠다.[6]

젊은 시절 이부카는 도쿄의 명문대학에 진학해 전도유망함을 보여줬다. 전공은 기계공학이었다. 그는 모리타처럼 전기축음기를 만들고 확성기 시스템을 설계하는 등 땜질에 강박적으로 몰두했다. 1933년 파리에서 열린 한 전시회에서 그는 음파를 조작해 빛을 발원지에서 2.5킬로미터까지 보내는 '달리는 네온'이라는 발명품으로 상을 받았다. 전쟁 중에는 해군을 위한 보급품을 제조하는 회사를 경영했다.[7]

전쟁이 끝났을 때 이부카는 도쿄에 새로운 회사를 설립하기로 마음먹었다. 1946년 발간된 〈창립 설명서〉라는 문서에서 그는 공학에 대한 애정과 애국적 이상주의를 결합한 비전을 제시했다. 이부카는 고귀한 목표에 기반한 자신의 열망을 드러냈다. "성실한 의욕을 가진 엔지니어들이 기술력을 최고 수준으로 발휘할 수 있는 '이상적인 공장'을 설립한다. (…) 역동적인 기술 및 제조 활동을 통

퍼스널 스테레오

해 국가의 문화를 고양하고, 전쟁 중 다양한 분야에서 개발된 첨단기술을 일반 가정에 신속하게 적용한다."[8] 이부카에게 회사의 성공은 조국의 회복과 떼려야 뗄 수 없는 관계였다.

모리타는 비슷한 시기 물리학을 가르치기 위해 도쿄에 왔다. 그는 도쿄통신연구소라는 이름의 새로운 벤처기업에 대한 소식을 듣고는 어떤 일이든 참여하고 싶다는 희망 속에 이부카를 찾아갔다. 이 회사가 나중에 이름이 바뀌어 소니가 되었는데, 소리를 뜻하는 라틴어 소누스에서 유래한 것이었다. 당시 일본에서 유행하던 귀여운 남자아이를 가리키는 영어 속어인 '소니sonny'에서 따온 것이기도 했다. 이름을 만든 모리타는 이 연관성을 마음에 들어했다. 실제로는 없는 단어지만 기억하기 쉽다는 점 역시 그가 좋아한 이유였다.

모리타는 이부카의 도움으로 아버지로부터 가업인 사케 양조업을 물려받는 대신 신생 회사 입사를 허락받았다. 이건 작은 문제가 아니었다. 모리타의 말을 빌리자면 "마치 입양 절차를 밟는 것 같았다."[9] 모리타의 집에서 버터와 잼을 바른 빵

아키오 모리타(왼쪽)와 마사루 이부카(오른쪽), 1961년.
© 소니.

퍼스널 스테레오

과 당시에는 사치품이었던 차를 먹으면서 이부카는 모리타가 사업에 없어서는 안 될 존재라고 설득했다. 놀랍게도 모리타의 부친은 흔쾌히 승낙했고, 이후 주요 투자자가 되어 재정적으로도 지원을 해줬다.[10] 이부카는 나중에 모리타에게 "허락받기가 더 어려울 줄 알았어요"라고 말했다.[11]

사업 초창기에는 쉽지 않았다. 당시 일본에는 가장 기본적인 자재마저 부족한 상황이었다. 엔지니어들은 길거리에서 주운 오토바이 스프링을 드라이버로 개조해서 썼다. 일본 외부세계와의 교류 역시 거의 없었다. 회사 이름을 알릴 제품을 찾던 사업 초기에 그들은 무전기를 업그레이드하면서 근근이 살림을 꾸려나갔다.[12]

1950년 이 작은 회사는 많은 시행착오 끝에 일본 최초로 테이프리코더를 생산했다. 처음에는 판매에 어려움을 겪었다. 크고 비싼 나머지 필요성을 느낀 사람이 거의 없었기 때문이다. 그러나 전쟁 이후 속기사가 부족한 상황을 보완해야 했던 법원과 테이프리코더를 언어교육용으로 쓰려 했던 학교가 관심을 보이면서 판매가 이뤄졌다. 이

성공에 이어 소니는 1955년 트랜지스터라디오를 출시했다. (소니의 연구원 에사키 레오는 이 프로젝트의 성과를 인정받아 훗날 노벨 물리학상을 수상했다.) 그리고 1957년 주머니에 넣고 다닐 수 있는 미니어처 사이즈의 트랜지스터라디오를 세상에 내놓았다.

트랜지스터라디오의 출시는 우연히도 로큰롤 열풍과 맞물려 일어났다. 1959년이 되자 수백만 개의 트랜지스터가 미국 청소년들의 귀에 울려퍼졌다. 소니와 일본은 전후 신흥 세계경제의 주요국이 되기 위한 길로 순조롭게 나아가고 있었다.

소리를 잡아내다

소니가 사운드 사업에 진출했을 때 기술은 이미 사람들이 음악 듣는 방식을 변화시킨 상태였다.

한때는 '라이브 음악'이라는 표현이 불필요하고 난센스에 불과했다는 점을 기억하기 어려울 수도 있다. 이는 '재래식 우편'이나 '유선전화'처럼 기술 발전으로 인해 결국 필수 용어가 되었다.

19세기 후반에는 전화, 라디오, 최초의 축음기인 포노그래프(혹은 그라모폰)가 등장했다. 이러한 새로운 음향 기술에는 한 가지 혼란스러운 효과가 있었다. 바로 시각과 청각의 분리였다. 1923년 영국의 한 음악 평론가는 이렇게 지적했다. "어떤 사람들은 상자에서 나오는 놀랍도록 생생한 사람의 목소리를 듣는 것을 견딜 수 없어 한다. 그들이 원하는 건 물리적 존재감이다. 그것이 부족해 축음기는 그들을 고통스럽게 한다."[13] 음악학자 마크 카츠가 지적한 것처럼 노래 부르는 사람이 보이지 않는데도 목소리만 들리는 건 오랫동안 정신 이상으로 여겨져왔기 때문에 이러한 반응은 당연한 것이었다. 음악을 들을 때 뮤지션을 바라보는 데 익숙했던 많은 청취자들은 레코드를 들으면서 어떻게 해야 할지 몰라 축음기를 쳐다보기만 했다.[14]

시각과 소리의 분리를 선호하는 쪽도 있었다. 1931년 잡지 〈디스크〉의 사설은 이렇게 극찬을 보냈다. "축음기만으로도 모든 불쾌한 외부 요소는 제거된다. 통역사, 청중, 불편한 콘서트 홀 전부가 사라진다. 당신은 오직 작곡가와 그의 음악에만 몰두할 수 있다. 이보다 더 이상적인 상황은 상상할 수 없다."[15]

이러한 설명이 제시하는 것처럼 또다른 변화는 바로 음악이 더이상 내재적인 사회성을 지니지 않게 되었다는 점이다. 물론 음악에는 여전히 공동체적인 부분이 있었다. 사람들은 변함없이 콘서트에 갔고, 가족들은 집에서 축음기 주위에 모여 함께 음악을 감상했다. 하지만 역사상 처음으로 사람들은 뭔가를 특별히 하지 않아도 혼자서 음악을 들을 수 있었다.

초기에 이러한 활동은 기괴해 보였다. 1923년에 한 평론가는 혼자서 음악을 듣는 친구를 우연히 발견하는 상황에 대해 이렇게 썼다.

이상하다는 생각이 들지 않나? 당신이 놀랐다는 걸 숨기려고 애쓸 것 같지 않나? 당신은 방 구석에 혹시 다른 사람이 숨어 있는 건 아닌지 다시 한번 살펴볼 것이고, 만약 찾지 못한다면 당신의 얼굴은 고통으로 붉어질 것이다. 마치 당신의 친구가 코카인을 하거나 위스키 병을 싹 비우거나 머리카락으로 새끼 꼬는 걸 목격하기라도 한 것처럼 말이다.[16]

게다가 레코드는 음악에서 매우 중요했던 의식적 요소를 약화했다. 원래 음악은 추수 축제에서

북을 치거나 교회에서 합창하는 등의 의식적 형태를 띠고 있었다. 18세기 유럽 전역으로 퍼져나간 대중 콘서트는 음악 자체가 주를 이룬다는 점에서 조금은 달랐다. 하지만 박수와 앙코르처럼 고유한 의식 행위를 만들어냈다.[17] 음악은 일반적으로 다른 사람들과 함께 경험하는 이벤트였다. 그러나 축음기와 라디오가 등장하면서 음악은 더이상 특별한 날을 기념하는 수단이 아니었다. 음악 공연 자체가 반드시 특별한 날 있어야 할 필요도 없었다. 혼자서 듣는 것뿐 아니라 원하는 순간에 듣는 것도 가능해졌다. 특히 1950년대 장시간 재생이 가능한 LP가 대중화된 이후 음악은 점점 더 중심에서 배경으로 물러났다. 이제 사람들은 바지를 수선하면서 엘비스의 음악을 들을 수 있었다.

음악을 더 민주적으로 접하고, 지루한 활동을 즐겁게 할 수 있게 되면서 사람들은 많은 것을 얻었다. 하지만 잃은 것도 있었다. 발터 베냐민의 유명한 말을 빌리자면 아우라가 상실된 것이다. "심지어 그것이 예술 작품의 가장 완벽한 재현이라고 할지라도 결여된 한 가지 요소가 있다. 그것은 바로 시간과 공간에서의 현존, 그것이 발생한 장소에서의 유일무이한 존재감이다."[18]

마침내 음악은 하나의 물건이자 상품이 되었다. 일시적인 음악 경험만이 아니라 음악을 창조하는 것이나 마찬가지인 기구, 즉 골이 새겨진 검은색 판 안에 갇혀 발매를 기다리는 음악 그 자체를 사고 팔 수 있게 된 것이다. 비평가 에번 아이젠버그의 말처럼 음악은 사물이 되었다.[19]

워크맨의 아버지들

1970년대 후반 소니는 강력한 국제적 기업이었다. VCR과 비디오카세트, 가정용 오디오 장비, 텔레비전 등으로 사업 영역을 확장했다. 1968년에 그들은 풍부한 채도의 색상을 표현하는 트리니트론 TV를 출시해 기술적 업적도 인정받았다. 그들은 이 TV로 에미상을 수상했다.

이 무렵에는 오디오 카세트플레이어가 보편화되었지만 바이닐이 여전히 지배적이었다. 19세기 후반 등장한 헤드폰은 원래 전화교환원이나 군 조종사 같은 전문가용이었다. 1958년 음악가이자 기업가인 존 코스는 스테레오 헤드폰으로 음반을 들을 수 있는 '개인용 청취 시스템'을 개발했다. 1970년대 후반 일부 음악 애호가들이 이 부피 큰 액세서리를 사용해 집에서 개인적으로 음악을 듣기도 했지만 특별히 널리 퍼지지는 않았다.

휴대용 음악 가운데 트랜지스터라디오의 경우

퍼스널 스테레오

소니와 다른 회사들이 판매를 시작한 1950년대부터 인기를 모았다. 마이클 시퍼는 휴대용 라디오의 역사에서 트랜지스터가 청소년과 그들의 음악에 "전례 없는 이동성"을 부여했다고 말하면서 이렇게 덧붙였다. "이 작은 트랜지스터라디오는 자유와 독립에 대한 메타포로서 한 세대의 상징이 되었다."[20] 라디오에는 일반적으로 이어폰(이어플러그라고도 불렸다) 한쪽을 연결할 수 있는 잭이 있었다. 그러나 그걸로 듣는 소리는 작고 단선적이었다. 1970년대 휴대용 음악의 최신 버전은 붐박스였다. 휴대용 스테레오 카세트 플레이어와 라디오를 모두 탑재했지만 시끄럽고 무거운 탓에 많은 반발을 샀다.

이 시기에 이부카와 모리타는 회사에서 매우 다르면서도 상호 보완적인 역할을 맡았다. 이부카는 1976년 공식적으로 이사회 회장직에서 물러났지만 명예회장으로 소니의 운영에 깊숙이 관여했다. 그는 이상주의적인 인물이었고, 때로는 순진한 면모도 드러냈다. 보통 그가 신제품에 대한 비전을 구상하면 그를 존경하는 엔지니어들이 이를 실현하기 위해 밤낮없이 노력했다. 모리타의 말을 빌리자면 소니는 본질적으로 "마사루 이부카의 꿈을 실현하기 위해 모인 동포들의 회사"[21]였다. 이부카는 엄청나게 친절한 반면 재치는 없는 편이었다. 그를 존경하는 사람들은 이런 특징을 순수함과 관습을 향한 무관심함으로 해석했다. 예를 들어 이부카는 공식석상에 오래 앉아 있는 걸 못 견뎠다. 로마에서 열린 공식 저녁식사에서 그는 브랜디와 커피가 서빙될 즈음 일찍 자리를 떴는데 심지어 그 저녁은 그의 업적을 기리기 위한 것이었다.[22]

이 무렵 회장 겸 CEO였던 모리타는 귀족 가문 장남답게 사회적 품위와 비즈니스에 정통한 인물로 널리 알려졌다. 일본인치고 이례적으로 솔직

했던 그는 소니의 얼굴이자 글로벌 엘리트 집단의 저명한 멤버였고, 헨리 키신저, 레너드 번스타인과 친구 사이였다. 그는 꾸준히 전 세계를 돌아다녔고, 미국시장을 더 잘 이해하기 위해 가족과 함께 미국으로 이주해 메트로폴리탄미술관 건너편 5번가에 몇 년간 살기도 했다.[23]

모리타의 자서전에 따르면 도쿄에서 어느 날 이부카가 불행한 표정으로 모리타의 사무실에 들어왔다. 그의 손에는 소니의 휴대용 테이프리코더와 헤드폰이 들려 있었다. "음악을 듣는 건 좋지만 다른 사람들에게 방해가 되고 싶지 않아요. 하루 종일 스테레오 기기 옆에 앉아 있을 수는 없잖아요. 그래서 찾은 해결책이 음악을 들고 다니는 거지만 너무 무거워요."[24]

모리타는 이부카의 불만을 듣고 뭔가를 깨달았다. 그는 특히 젊은이들이 음악 없이 오래 있는 걸 싫어한다는 점을 알아차렸다. 어느 날 그의 딸 나오코가 여행에서 집으로 돌아온 뒤 엄마에게 인사도 하기 전에 위층으로 뛰어올라간 적이 있었다. 스테레오에 카세트를 꽂고 음악을 듣기 위해서였다. 모리타는 소니 엔지니어들에게 그들이 개발한 소형 테이프리코더 프레스맨을 재작업하라고 명령했다. 프레스맨은 주로 기자들이 이용하던 기기였다. 그는 엔지니어들에게 녹음 회로와 스피커를 제거하고 스테레오 앰프로 대체하라고 지시를 내렸다. 동시에 헤드폰 경량화 작업에 착수하라고 말했다.[25]

적어도 이것이 워크맨의 기원에 대한 한 가지 설명이다. 수년 동안 꽤 많은 이야기가 떠돌았다. 또다른 이야기는 1979년 2월 이부카가 소니 엔지니어에게 장거리 비행시 오락용으로 활용할 수 있는 휴대용 카세트 플레이어를 개발하라고 요청했다는 것이다. 소니의 테이프리코더 사업부는 위에서 설명한 대로 4일 만에 프레스맨을 수정한 뒤 엄선한 클래식 음악과 함께 이부카에게 제출했다. 모두들 음질에 놀라면서 깊은 인상을 받았다. 이부카는 여행에서 돌아와 모리타에게 이 기기를 보여줬고, 이부카의 개인 장난감처럼 만든 즉흥적인 결과물이었지만 모리타 역시 매우 만족했다. 모리타는 소니가 이 기기를 시장에 출시해야 한다고 확신했다.[26]

또다른 설에 따르면 소니의 한 팀이 신제품 회의에서 다른 아이디어와 함께 모리타에게 시제품을 제시했다고 한다.[27] 이야기는 아직 더 있다. 아사이 도시오라는 엔지니어가 소니의 사무용 기기 부서를 옮겨다니면서 자신의 즐거움을 위해 퍼스널 스테레오를 임시변통으로 조립했다는 것이다.[28] 다른 몇몇 뉴스 보도를 통해서는 모리타가 자녀의 소음에서 벗어나기 위해 이 제품을 만들었다는 주장도 나왔다.[29]

P. 랑가나트 나약과 존 M. 케터링엄의 저서 『혁신』에 나오는 것처럼 모리타는 워크맨의 기원에 대한 이야기가 널리 퍼지도록 슬며시 조장했다고 밝혔다. "어떤 기자가 '테니스를 치기 위해 워

크맨을 개발했군요?'라고 물어보면 '네, 맞아요' 라고 대답하는 식이었죠. 또다른 저널리스트가 '골프를 치기 위해 워크맨을 개발하셨군요'라고 물어봐도 '네'라고 대답하고요. 이런 유의 흥미로운 이야기는 홍보에 큰 도움이 되거든요."[30]

『혁신』은 포괄적이면서도 믿을 만한 설명을 제공한다. 저자들이 수많은 소니 직원들을 꼼꼼하게 인터뷰했기 때문이다. 이 책에 따르면 소니의 한 부서는 프레스맨을 스테레오로 만들려고 했지만 정작 기계 안에 녹음 장치를 위한 공간을 확보할 수가 없었다. 이 팀원들은 바로 테이프리코더 엔지니어였다. "그들이 막 만들어낸 이 기기로는 녹음이 불가능했다. 그들의 관점에서는 작동하지 않는 셈이었다." 소니의 또다른 팀은 경량 헤드폰을 개발하고 있었다. 회사 내 여러 팀을 둘러보는 습관이 있던 이부카는 두 팀을 연결할 아이디어를 떠올렸다. 그는 이 아이디어를 모리타와 공유했다. 시제품을 조립해본 그들은 그 매력에 푹 빠졌다. 그러고는 열심히 이 제품을 밀어붙였다.[31]

그 기원이 무엇이든 일치된 의견이 하나 있다. 대부분의 소니 직원들이 이 아이디어에 확실히 냉담했다는 것이다. 그 이유에 대해 잠시 살펴볼 필요가 있다.

가장 큰 이유는 소니 직원들이 녹음 기능 없는 테이프 플레이어를 누가 원하겠느냐고 미심쩍어했기 때문이다. 그들의 우려를 이해하려면 테이프리코더의 역사적 맥락을 알아야 한다. 테이프리코더는 원래 음악을 재생하기 위한 것이 아니었다. 1930년대 독일에서 군사용으로 처음 사용되었고, 업무상 녹취나 라디오 프로그램 방송 등의 용도로 쓰였다. 1950년대까지 대부분 커다란 고정식 릴투릴 기계였던 테이프리코더를 사용한 사람들은 주로 전문가들이었다. (소니의 첫번째 성공이 학교와 법원에 테이프리코더를 판매한 것이었다는 점을 떠올려보라.) 리코더가 일반 소비자 시장에 출시되었을 때에도 음악 재생은 리코더의 용도 중 하나로만 여겨졌다. 1953년 네덜란드의 전자 제품 회사인 필립스는 리코더를 가족행사나 아이들의 옹알이를 녹음하는 용도로 소비자들에게 판매했다.[32] 1960년대 초에는 소형 카세트가 등장했고 1970년대 후반에는 음질이 확연하게 개선되었다. 여전히 녹음 기능은 리코더의 필수적인 요소로 여겨졌고, 녹음 기능 없는 테이프리코더라는 개념은 전화를 걸 수는 있지만 받지는 못하는 전화기만큼이나 터무니없는 것이었다.

회의적인 측에서 내세운 다른 이유도 어느 정도 연관돼 있다. 무엇보다 이 장치에 진정한 기술 혁신이 수반되지 않았다는 것이었다. 모든 부품은 이미 존재하고 있었고, 소니 팀은 이를 조합하고 다듬었을 뿐이다. 스마트폰처럼 기능을 통합하는 일반적인 기술 발전 방식과는 달리 이 장치는 기능을 추가하기보다는 제거하는 쪽에 가까웠다. 『혁신』의 저자들이 지적한 것처럼 그것은 더 나은 제품이 아니라 더 나쁜 제품인 것처럼 보였다.[33]

그러나 모리타는 사람들이 아직 이 제품을 모르더라도 구매하고 싶어할 거라고 봤다. 그는 시장 조사는 전혀 하지 않았다고 주장하면서 이렇게 말했다. "대중은 무엇이 가능한지 모르지만 우리는 안다." 많은 기업가들과 마찬가지로 그는 기존의 욕구를 충족시키기보다는 새로운 욕구를 창출하고자 했다.[34]

또다른 일치된 의견은 모리타가 '워크맨'이라는 이름을 정말 싫어했다는 것이다. 워크맨은 모리타가 여행하고 있을 때 일부 젊은 소니 직원들이 프레스맨이라는 이름을 한번 꼬아서 지은 이름이었다. 여행에서 돌아온 모리타는 워크맨을 뭔가 좀더 말이 되는 이름으로 바꾸라고 지시했다. 그가 든 예시는 '워킹 스테레오'였다. 그러나 직원들은 바꾸기엔 너무 늦었다고 대답했다. 패키지에 이미 그 이름이 붙어 있었고, 광고가 송출될 예정이었기 때문이다. 소니는 해외 시장에서는 다른 이름으로 제품을 출시했다. 영국에서는 스토어웨이Stowaway, 미국에서는 사운더바웃Soundabout, 스웨덴에서는 프리스타일Freestyle. 하지만 모리타는 일본을 시작으로 신제품에 대한 소문이 퍼지면서 다른 나라 고객들이 워크맨에 대해 문의하기 시작했다는 사실을 곧 깨달았다. 그는 이 이름을 표준화하기로 결정했다. 1981년 2월 소니는 워크맨이라는 단일한 이름으로 모든 시장에 두번째 모델을 출시했다.[35]

이 어색했던 단어는 미국뿐 아니라 신흥 강대국, 그중에서도 세계경제의 정상에 올라서고 있던 일본이 주축이 된 세계화 단계에 대한 무언가를 함축하고 있었다. 소니라는 이름과 마찬가지로 워크맨 역시 영어였지만 다양한 언어로 쉽게 발음할 수 있는 독창적인 단어였다. 아마도 워크맨을 향한 최고의 찬사는 크리넥스와 터퍼웨어처럼 얼마 지나지 않아 빠르게 모방되어 만들어진 다른 브랜드 제품을 지칭하는 데에도 쓰이기 시작했다는 점일 것이다.

모리타는 첫번째 워크맨을 좀더 사교적인 용도로 개조했다. "최초의 워크맨을 갖고 서둘러 집으로 가서 다른 음악들로 테스트를 하다가 제 행동이 아내를 짜증나게 하고 소외감을 느끼게 한다는 사실을 깨달았어요."[36] 그래서 모리타는 엔지니어에게 돌아가서 몇 가지 수정을 요청했고, 다음 버전에는 두 사람이 함께 들을 수 있도록 헤드폰 잭 두 개를 만들었다. 또 버튼으로 작동하는 마이크인 '핫 라인'을 추가해서 음악을 들으면서 서로 대화를 할 수 있게 했다.[37] 이 버전은 1979년에 판매되기 시작했다. 이런 기능들은 나중에 사람들 대부분이 혼자 듣는 걸 선호한다는 사실이 밝혀지면서 제거되었다.

안드레아스 파벨의 사례

퍼스널 스테레오의 기원에 대한 또다른 기록도 존재한다. 그리고 이것은 장대한 법정 싸움의 원인이 되었다.

안드레아스 파벨은 소니가 설립되기 직전인 1945년 1월 독일에서 태어났다. 그의 가족이 살던 베를린 상황도 도쿄보다 나을 게 없었다. 도시에는 폭격이 이어졌다. 그의 어머니는 그를 낳기 위해 약 50킬로미터 떨어진 브란덴부르크로 피난을 떠났다.[38]

성공한 사업가였던 파벨의 아버지는 독일산업연맹의 부회장이었다. 그는 브라질의 부유한 기업그룹 경영자로부터 상파울루로 와서 함께 일하자는 권유를 받았다. 안드레아스가 여섯 살 때 두 형을 포함한 가족은 36시간 동안 프로펠러 비행기를 타고 브라질로 이민했다. 파벨은 당시를 이렇게 기억한다. "도착하니까 정말 마법 같았어요. 원래는 우리가 숲에서 유인원들과 살게 되려나 했거든요."

파벨은 대학에 가기 위해 다시 베를린으로 갔고, 1967년 상파울루로 돌아왔다. 1960년대 후반의 브라질은 다른 나라들과 마찬가지로 전 세계적인 흥분*에 휩싸여 있었지만 1964년부터 군사독재가 이어져온 상황이기도 했다. 파벨이 교육방송국에서 근무하는 동안 독재정권은 언론과 반체제 인사들을 탄압했다. 파벨의 친구들은 고문당하거나 살해당했다. 파벨은 이렇게 말했다. "생각

* 1960년대 후반 히피들이 주도한 사랑과 평화 운동을 가리킨다.

안드레아스 파벨, 1976년.
© 안드레아스 파벨.

퍼스널 스테레오

을 숨겨야 했어요." 한편 1968년 아버지와 헤어진 파벨의 어머니는 무성한 초목이 우거진 시다지자르딩('전원 도시'라는 뜻)이라는 동네에 웅장한 집을 지었다. 파벨은 2층 방에 거주했다. 테라스를 통해 상파울루의 스카이라인을 볼 수 있는 방이었다. 방에는 아치형 천장이 있었고, 파벨은 최적의 음향을 위해 보스Bose의 라우드스피커를 매달았다. 파벨은 당시를 이렇게 회상한다. "제 방이 상파울루에서 소리의 메카가 됐죠." 상파울루의 지식인 친구들이 금요일과 토요일 밤 이곳에 와서 대마초를 피우면서 재즈, 삼바, 가믈란 등 모든 장르의 음악을 새벽 4~5시까지 감상했다.

음악과 함께 수많은 밤을 보낸 후 파벨은 1972년 여자친구 마리스텔라와 함께 유럽여행을 떠났다. 그들은 이미 고음질 음악에 중독되었다고 할 정도로 익숙해진 상태였다. 따라서 음악 없이 여행을 가고 싶지 않았다. 여행 때도 고음질 음악을 듣고 싶었던 파벨은 휴대용 하이파이 음악 플레이어를 직접 만들기로 결심했다.

당시에는 이 작업이 간단하지 않았다. 비교적

작은 테이프리코더가 시중에 나와 있었지만 헤드폰으로 음악을 들을 수는 없었기 때문이다. 일부 제품에는 헤드폰 잭이 있었지만 주로 녹음된 내용을 모니터링하기 위한 것이었다. 헤드폰과 함께 판매되는 제품은 없었다.

모리타·이부카와 마찬가지로 파벨 역시 오디오 장비를 다뤄본 오랜 경험이 있었다. 그는 무게 2.3킬로그램에 스피커 연결 잭이 두 개 달린 휴대용 소니 테이프리코더 TC-124를 찾아냈다. 그런 다음 적합한 헤드폰을 찾았다. 광범위한 실험 끝에 그는 임피던스가 낮아 배터리 전력이 거의 필요하지 않은 고품질의 가벼운 헤드폰 파이오니어 SE-L20을 선택했다. 볼륨을 높이더라도 배터리 전력이 적게 소모됐기 때문이다. 그런 다음 파벨은 특수 케이블을 사용해 헤드폰 코드를 두 개의 스피커 잭에 연결했다. 즉 두 개의 라우드스피커 잭을 하나의 헤드폰 잭으로 변환한 것이다. 이 특수 케이블의 다른 쪽 끝에는 두 쌍의 헤드폰을 연결할 수 있는 스플리터가 있었다. 마침내 그는 여자친구와 함께 음악을 들을 수 있었다.

파벨은 적절한 순간을 기다렸다가 응급장비처럼 완성한 자신의 기계를 시험해봤다. 당시 파벨과 마리스텔라는 스위스의 고산 리조트 마을인 생모리츠의 산에 있었다. 어느 날 저녁 파벨은 재즈 플루트 연주자 허비 만의 1971년 앨범 〈푸시 푸시〉의 카세트를 플레이어에 넣었다. 그러고는 플레이어를 코트 안으로 집어넣었다. 둘은 눈이 내리는 숲으로 걸어갔다. 파벨은 이때를 이렇게 회상한다. "눈이 내릴 때만 느낄 수 있는 고요함이 있잖아요. 정말 멋진 고요였죠." 그는 한 쌍의 헤드폰은 마리스텔라의 귀에, 다른 한 쌍은 자신의 귀에 씌운 뒤 코트에 손을 넣고 버튼을 눌렀다.[39]

"그 순간 황홀경에 빠져버렸죠. 마치 나무 사이를 가로질러 둥둥 떠다니는 것처럼 느껴지기 시작했어요. 비현실적이었죠⋯⋯ 삶이 영화가 된 느낌. 그것도 3D 영화요. 갑자기 제가 영화 속에 존재하는 것 같았어요." 그는 당시 들었던 노래가 정말 적절했다고 언급했다. 바로 마빈 게이의〈왓츠 고잉 온?〉을 커버한 곡이었다.

그날 저녁 두 사람은 지인 부부와 마주쳤다. 부부는 당시에는 거의 알려지지 않았던 헤드폰을 착용하고 있는 둘을 보면서 이상하다는 표정을 지었다. "헤드폰을 그의 머리에 씌워줬고, 제 여자친구는 그의 아내의 머리에 씌워줬어요. 둘 다 깜짝 놀라더라고요."

당시 파벨은 이 장난감을 상업화할 생각이 전혀 없었다고 한다. 그저 자신과 친구들의 즐거움을 위한 것이었다. 그는 이 매혹적인 장치를 항상 착

퍼스널 스테레오

용하고 다녔고, 그것을 공유하며 기쁨을 느꼈다.

파벨은 유럽에서 종종 버스를 탔다. 버스 안에서 그는 음악을 들으며 발을 구르곤 했다. "한두 사람이 보더니 곧 버스 전체가 저를 바라보더라고요. '저 남자 뭐하는 거지?' 싶었던 거죠." 그는 예쁜 여성이 관심 어린 얼굴로 쳐다보는 걸 발견하면 말없이 다가가 두번째 헤드폰을 귀에 씌워줬다. "헤드폰으로 음악을 들려주면 정말로 활짝 웃었어요." 한 가지 재미 있는 부작용이 있었다. 헤드폰을 씌워준 사람이 마치 파티에 온 것처럼 큰 소리로 떠드는 것이다. "아, 음악 정말 좋네요." 주변 사람들이 완전히 침묵하고 있다는 사실을 전혀 인지하지 못했던 것이다.

이 기기는 그에게 음악의 즐거움 그 이상을 선사했다. "마치 세상을 발아래 둔 것 같은 느낌이었어요. 정말 마법 같은 기기였죠. 소니가 이걸 모든 사람에게 판매했을 때 저는 마법을 부릴 수 있는 열쇠를 잃어버리고 만 거예요."

발명일까 진화일까

1975년 파벨은 이 기기의 특허 출원을 고려했다. 하지만 이 기기가 발명품으로 인정받을 수 있을지 의심스러웠다. 소니 엔지니어들의 의심도 같았다. 기술을 혁신한 것이 아니라 기존 부품 두 개를 이어붙인 것에 불과했기 때문이다.

조사를 마친 파벨은 오히려 이것이 진정한 발명의 전형이라고 여기기 시작했다. 사실 이 기술은 이미 존재하는 것이었지만 아직 아무도 이 특별한 결합체를 시판하지 않은 상태였으니, 이 아이디어는 특허를 받기 위한 용어로 '뻔하지 않은(non-obvious)' 것이었다.

현재 시점에서 보면 뻔하지 않았다는 걸 믿기란

어렵다. 그 조각들은 이미 거기 있었다. 휴대용 음악은 수십 년 동안 인기를 끌어온 상태였다. 그렇다면 이 특별하게 만들어진 새로운 기기는 얼마나 별나게 또는 놀랍게 받아들여졌을까?

파벨은 두 가지 다였다고 주장한다. 그가 내세운 주요 증거는 이 기기를 향한 반응에 대한 기억이다. 고음질 사운드와 첨단의 혁신에 익숙한 오디오 매장 직원들조차 이 기기를 공유했을 때 놀라움을 금치 못했다고 그는 말한다. 파벨은 밀라노의 한 변호사에게 이 아이디어의 특허를 내자고 말을 꺼냈다. 변호사는 처음에 회의적이었지만 시제품에 대한 설명을 듣고 나서는 "하지만 이건 정말 놀랍군요. 특허 신청하죠"라고 말했다.

파벨은 일상생활을 위한 사운드트랙이라는 개념이야말로 이 새로운 것의 핵심이었다고 주장한다. 트랜지스터라디오는 이런 기능을 제공하지 못했다. 우선 음질이 매우 나빴다. 스테레오도 아니었다. 파벨은 말한다. "한쪽 귀는 두 귀의 절반도 안 되는 거예요." 그의 시제품은 음질을 새로운 차원으로 끌어올리고 청취자를 사운드에 몰입시

킴으로써 모든 측면에서 다른 경험을 만들어냈다.
사운드의 종류가 달랐고, 급이 달랐다.

당시만 해도 스테레오 장비의 크기와 음질 사이
에 강력한 연관성이 존재했다. 고음질 음향 재생
은 서재에 대형 스테레오 스피커를 설치한 고정식
시스템 형태로 이루어졌다. 포켓 라디오와 테이
프리코더 같은 소형 기기는 많았지만 고품질 음향
을 제공하기 위한 것이 아니었다. 작은 장치로 하
이파이를 구현할 수 있다는 생각은 직관에 반하는
것이었다. 하지만 파벨은 올바른 헤드폰을 사용
한다면 비싼 사운드 시스템이 필요 없다는 사실을
발견했다. 그는 체감 음질은 주로 재생 변환기에
따라 달라진다는 점을 알아냈다. 말하자면 스피커
냐 헤드폰이냐였다. 헤드폰은 소리를 공기 중으로

분산시키는 대신 귀를 향해 효율적으로 전달한다는 이점이 있었다. "라우드스피커를 헤드폰으로 대체함으로써 전체적인 시스템이 언제나 양립할 수 없는 것으로 여겨졌던 두 가지 방향, 즉 고음질과 소형화 모두를 향해 정확히 발전할 수 있었죠. 헤드폰은 이 두 가지 방향 모두에서 비약적인 발전을 이루게 해준 거예요!"

파벨은 1977년 이탈리아에서 특허를 출원했고, 다음해에 미국, 영국, 서독, 일본에 특허를 출원했다. 일본을 제외한 모든 국가에서 특허가 승인되었다. 그는 자신의 발명품을 스테레오벨트라고 명명하고 벨트에 끼울 수 있도록 설계했다. (이 장치의 스케치는 나중 언론에 의해 "전자 순결벨트"[40] "다이빙벨트와 고문 도구의 교차점"[41] 등으로 묘사되었다.) 그는 또한 여러 개의 헤드폰 잭과 청취자가 대화할 수 있는 마이크, 원할 경우 주변 환경의 소리를 허용하는 메커니즘을 포함시켰다. 이탈리아의 한 모형 제작업체는 파벨의 승인 하에 이 장치의 작동하지 않는 모형을 제작하기도 했다.

스테레오벨트 모형품.
© 안드레아스 파벨.

퍼스널 스테레오

미국 특허는 이 발명이 수반할 수 있는 활동들을 꼼꼼하게 열거했다. "걷기, 앉기, 달리기, 춤추기, 스키, 등산, 캠핑, 요리, 잔디 깎기, 기계로 혹은 책상에서 일하기, 기차·버스·오토바이·자전거·보트·비행기·행글라이더 같은 교통수단을 타거나 운전하거나 이동할 때." (특허의 초기 초안에서 파벨은 자신의 발명품을 전자 약물에 비유했지만 변호사의 조언에 따라 삭제했다.)

이부카가 엔지니어, 모리타가 사업가였다면 파벨은 지식인이자 미학자였다. 1977년에 그는 "다가오는 오디오혁명"이라는 일종의 선언문 초안을 작성했다. 미출간으로 남은 이 선언문에서 파벨은 자신의 시스템이 실현할 수 있는 가능성에 대해 인상적인 찬사를 남겼다. "음악에 움직임을 더하고 우리가 마주치는 모든 상황에 음악을 더하는 것, 이것은 단순한 휴대용 하이파이 이상이 될 것이다. 새로운 즐거움과 경험을 위한 무궁무진한 원천이 될 것이다. 영화나 TV처럼 새로운 매체가 될 것이다."[42]

그가 보기에 가장 중요한 건 개념적 측면의 도

약이었다. 가장 가까운 선례는 영화 같은 효과를 만들어낸 자동차 스테레오였다. 스테레오벨트는 이러한 경험을 만끽할 수 있는 기회를 획기적으로 확대할 터였다. 그는 필립스와 야마하를 비롯한 여러 회사에 자신의 비전을 설명했다. 아무도 관심을 표하지 않았고, 일부는 이 아이디어를 조롱했다. "그들은 이 아이디어를 진지하게 받아들일 꿈조차 꾸지 않았을 거예요."

1979년 밀라노에 있던 파벨은 아시아에 다녀온 브라질 친구를 만났다. 그 친구는 여행 중에 헤드폰을 착용한 사람을 보았다. "당신이 내게 항상 설명하는 그 스테레오 헤드폰을 쓰고 있는 것 같았어요." 그가 이렇게 말하자 파벨은 대답했다. "정말? 스테레오 사운드요? 그것도 포켓 사이즈의 기기로요? '네, 네.' 그 친구가 말하더라고요. 그래서 이렇게 반응했죠. '젠장. 아시아에는 더이상 제 기기가 들어갈 자리가 없겠네요.' 그래서 조금 우울해졌고요." 그러던 중 파벨은 '핫라인'에 대해 알게 되었고, 이것이 자신이 만든 대화를 위한 장치와 비슷하다고 생각했다. 파벨은 소니와 교섭하여 서독과 영국에서 판매된 한 모델(단종되기 전 핫라인이 있던 모델)의 판매에 대해 약 10만 달러에 달하는 로열티를 받을 수 있었다. 하지만 그는 모든 모델에 대한 로열티를 받아야 정당하다고 생각했다. 그래서 소니에 끈질기게 요구했다.

잠깐만 빨리 감기를 해보자. 파벨은 소송을 하느라 큰 빚을 졌고, 10여 차례 일본을 방문했다. 1990년 그는 발명가를 위해 특별히 설립된 런던의 새로운 법원에 소송을 제기했다. 파벨은 이 법원의 혜택을 받은 첫번째 인물이었다. 이때까지 전 세계적으로 5천만 대 이상의 워크맨이 판매되었고, 영국에서는 400만 대가 넘었다.[43] 승소했다면 파벨은 부자가 되었을 것이다. 소니는 세계 최대 로펌인 베이커앤드매킨지를 고용했고, 파벨은 현지의 특허 변호사인 키스 베레스퍼드를 선임했다. 언론은 "네모난 수염에 안경"을 쓴 파벨의 외모가 "아미시 마을의 어르신처럼 보인다"는 식으로 보도했다. 이 사건은 당연히 다윗과 골리앗의 싸움으로 여겨졌다.[44]

파벨과 베레스퍼드는 매일 오전 9시에 서류를 지참하고 법정에 출석했다. 그들은 소니가 파벨의 아이디어를 고의로 모방했다는 사실을 입증하려고 노력했지만 재판의 핵심 쟁점은 특허의 유효성, 즉 퍼스널 스테레오가 진정한 발명품에 해당되는지 여부였다. 파벨의 팀은 학술연구, 소니 관계자의 진술, 언론보도 등의 증거를 제출하면서 자신의 기기가 "인정받는 획기적 발명"임을 입증하려고 했다. 반면 소니의 변호사는 이 아이디어

퍼스널 스테레오

가 다른 사람들도 이미 갖고 있었던 사소한 발전에 불과하다고 반론을 펼쳤다. 그들은 기기의 기본적인 설정이 1976년 초 스키 강습에 이미 사용되었다고 주장했다. 경찰과 군인들이 1977년까지 이런 기기를 사용하고 있었다는 논지였다.[45]

한 언론보도에 따르면 청문회가 끝난 후 파벨과 "대부분 수염을 기른 동료들은 개인 스테레오를 착용한 채 기자들을 휩쓸면서 지나갔다"고 한다. 한 친구는 언론을 향해 자신과 파벨이 "밤에 가끔씩 재판의 부담감을 덜기 위해 퍼스널 스테레오를 들으면서 별을 바라보고 함께 걸었다"고 말했다.[46]

1993년 법원은 소니의 손을 들어줬다. 판사는 퍼스널 스테레오가 발명이 아닌 '진화'라고 판단했다.[47]

이 판결 이후 소니는 100만 파운드가 넘는 소송 비용을 회수하기 위해 파벨의 자산을 동결했다.[48] 1996년 파벨은 항소심에서도 패했다. 이 시점에서 파벨은 10년 반의 삶과 모든 재산을 이 싸움에 소모한 상태였다. 영국 대중은 그가 소송 경비 지원을 받았다는 사실에 분노했다. 언론은 패배자이자 멍청한 인간이라며 그를 조롱했다. 영국 신문은 다음과 같은 헤드라인을 달았다. "워크맨 소송으로 납세자들의 50만 파운드를 써버리다." "오디오혁명의 선견자로 인정받으려다 무일푼이 되어버린 괴짜."[49]

하지만 아이디어를 구상한 지 거의 30년이 지나 파벨의 운명은 밝아졌다. 2004년 소니는 파벨에게 고소를 중단하는 조건으로 비밀 합의를 제안했다. 이제 같은 신문의 헤드라인은 다음과 같았다. "퍼스널 스테레오의 선구자, 소니를 상대로 수백만 달러 승소."[50] 대체 어떤 이유였을까? 소니는 이메일로 합의했음을 인정했지만 자세한 내용에 대해서는 언급을 거부했다. 이와 관련해서 파벨에게는 나름의 이론이 있다. 그의 주장에 따르면 파벨은 다른 여러 나라에서 소송을 제기하겠다고 계속 협박했다고 한다. 그는 자신이 강력한 소송을 제기했고, 뭔가가 꼬여 영국에서만 패소했다고 믿는다. 그리고 그는 잠재적 승소금의 일정 비율을 대가로 소송 자금을 지원해준 회사가 있었다고 주장한다. 파벨은 이 합의를 자신이 퍼스널 스테레오의 진정한 발명가임을 입증하는 것으로 받아들였다.

퍼스널 스테레오가 정말 참신하고 '뻔하지 않은' 것이었을까? 이 질문은 궁극적으로 주관적이다. 그러나 다음과 같은 주장에 무게를 싣는 설명도 존재한다. 퍼스널 스테레오가 오늘날 우리가 생각하는 것보다 훨씬 덜 뻔했다는 것이다.『혁신』의 저자들은 "헤드폰이 테이프리코더와 함께 패키지로 제공될 거라고는 그 누구도 상상하지 못했다"는 소니 직원의 말을 인용하면서 이렇게 덧붙였다. "오늘날 사람들에게 카세트 플레이어와 헤드폰 세트의 관계는 자명하다. 하지만 1978년 소니를 비롯한 거의 모든 소비자 가전회사 직원들에게 이러한 연관성은 보이지 않았다."[51]

이른바 '문화적 명령'이라는 개념이 있다.[52] 휴대용 라디오의 역사를 쓴 마이클 시퍼가 제시했던 것이다. SF 소설과 영화 등에서 기술적 성취에 대한 아이디어가 구체화되고(항공과 우주 여행 등), 그 환상은 전문화된 자원과 구성원을 통해 실제 과학의 목표가 되어 궁극적으로 실현된다는 것이다. 워크맨은 이러한 현상을 정반대로 구현한 것처럼 보인다. 기술은 사실상 존재했지만 아무도 이를 연결하지 않았고, 누군가 연결하더라도 사람들 대부분은 그것이 나쁜 아이디어라고 여겼다.

올해 72세인 파벨은 상파울루와 밀라노를 오가면서 가족과 함께 산다. 그는 전화 통신에 혁명을 일으킬 새로운 발명품을 위한 자금을 모으고 있다. 스카이프와 이메일로 수많은 대화를 나누는 동안 나는 그가 합의했음에도 불구하고 자신이 약간은 속았다고 생각하고, 퍼스널 스테레오를 대중에게 직접 선보이지 못한 것에 대해 여전히 실망하고 있다는 느낌을 받았다. 동시에 그는 자신의 꿈을 실현한 것에 대해 깊은 자부심을 드러냈다. 기술은 종종 우리에게 효율성과 편리함을 선물한다. 하지만 퍼스널 스테레오는 그 이상을 해냈다. 파벨은 말한다. "그것은 우리의 삶에 감동을 줬어요. 실제로 우리 삶에 마법을 불어넣었죠."

워크맨이 등장하다

1979년 7월 워크맨은 첫 선을 보이자마자 거의 즉각적인 히트를 기록했다. 사람들은 이 작은 기기에서 나오는 음질에 놀라움을 금치 못했다. 사람들은 대부분 음파와 귀 사이의 공간이 거의 존재하지 않는 상태로, 즉 이처럼 친밀하게 음악을 들은 경험이 없었다. 또한 어디를 가든 개인용 사운드 시스템을 쉽게 휴대할 수 있다는 점에 매료되었다.

TPS-L2라고 불리는 최초의 워크맨은 13.5×9센티미터의 직사각형 모양이었다. 두께는 2.5센티미터가 조금 넘었고, 금속 표면은 파란색과 은색으로 칠했다. 뒷면에는 AA 배터리 두 개가 들어가는 공간이 있었다. 무게는 400그램 미만(배터리 포함)에 헤드폰의 무게는 약 40그램. 소니는 처음 일본에서 3만 대를 생산했다. 소니는 마케팅 전략으로 젊은 커플을 고용해 일요일에 쇼핑 명소인 도쿄의 긴자 지구를 워크맨을 들으면서 걷게 했다. 소문이 퍼지기 시작하자 판매량이 급증했다. 재고가 두 달 만에 동났다.[53]

퍼스널 스테레오

그로부터 얼마 지나지 않았을 즈음 론 로빈슨이라는 20대 후반 청년이 로스앤젤레스에서 열린 저녁파티에 참석했다. 당시 의류사업을 하고 있던 그는 마찬가지로 의류사업가인 젊은 일본인 세 명을 만났다. 그들은 서로에게 호감을 느꼈다. 론 로빈슨은 다음날 로스앤젤레스 시내에 있는 자신의 매장으로 세 사람을 초대했다.

　　세 남자가 매장에 들어왔다. 로빈슨은 "한 남자가 벨트에 뭘 차고 있었어요"라고 회상한다. 루키라는 별명을 가진 그 남자가 매장을 돌아다니고 있을 때 로빈슨은 결국 "그게 뭐죠?"라고 묻지 않을 수 없었다. 루키가 말했다. "몰라요? 한번 들어보세요." 루키는 헤드폰을 로빈슨의 귀에 씌워줬다. "제가 들어본 것 중 가장 크고 경이로운 소리였어요. 마치 디즈니랜드를 처음 본 어린아이 같았죠. 정말 거대했어요. 진짜 선명했고요. 눈이 번쩍 뜨이는 느낌이었죠."

　　"마음에 드세요?" 루키가 물었다.

　　"진짜 마음에 들어요. 어디서 구할 수 있죠?"

　　"여기요." 루키가 판매하는 곳을 알려줬다.

로빈슨은 자동차에 8트랙 스테레오를 설치하는 일을 했었기에 음악에 대해 잘 알았지만 그것은 완전히 새로운 느낌이었다고 강조한다. "그 감정이 마치 지금 이 순간처럼 생생하게 떠올라요. 인생에서 가장 기억에 남는 순간 중 하나죠." 그는 새로 산 기기로 줄곧 롤링스톤스, 후, 비틀스, 토킹헤즈 등의 음악을 들었다.

당시 워크맨은 미국에서 출시되지 않은 상태였다. 따라서 로빈슨은 워크맨을 소유한 최초의 미국인 중 한 명이었다. 그의 경험은 파벨의 그것과 비슷했다. "멋진 새 장난감을 가진 것 같았어요. 캠퍼스에서 인기남이 되었죠. 동네에서 가장 멋진 차를 가진 것과 비슷했어요."[54]

워크맨은 1979년 12월 미국에서 판매되기 시

작했고, 대부분의 지역에서 가격은 200달러(현재 가치로 600달러)였다. 첫 배송 물량이 순식간에 매진되었고, 블루밍데일스나 메이시스 같은 백화점 매장에서는 고객들이 4~8주 동안 대기자 명단에 이름을 올렸다. 일부 고객은 진열 상품을 구입하겠다며 300달러를 제시한 것으로 알려졌다.[55] 소니는 출시 후 1년 동안 50만 대 이상을 생산하며 수요를 맞추기 위해 계속 분투했다.[56] 제품 출시 2년 후 150만 대의 워크맨이 판매되었다.[57]

소설가 윌리엄 깁슨은 워크맨을 처음 접한 계기를 이렇게 설명했다. "워크맨에 대해 들어본 적도 없었어요. 그러다가 작은 동네 전자제품 가게에 들어갔죠. 가게에 워크맨 한 대가 진열되어 있었는데 점원이 저에게 말하더라고요. '진짜 놀랄 거예요.'"[58]

초기 소니 신문 광고는 이 제품의 참신함을 전달하고 음질과 크기 사이의 관계를 강조했다. "소리를 들어보면 엄청나게 무거울 것 같습니다. 소니 대리점에 가서 직접 들어보세요. 당신의 눈이 귀로 듣고 있는 걸 믿지 못할 겁니다. 이렇게 작은

It sounds like it weighs a ton.

**The Sony Walkman.
Our smallest stereo cassette player.**

Sony has long been famous for reducing size and increasing performance. This time we have outdone ourselves. The Walkman produces such a big, rich sound it can only be compared to a very elaborate and expensive component stereo system. Yet, it's so small you can take it anywhere you go.

There is really no way to convey the remarkable sound quality of this little machine. You've got to hear it.

If you are like most people, when you put on the incredibly efficient headphones, you will shake your head in amazement and then ask, "How can I get one?"

And there has never been a better way to make bike riding, roller-skating, skiing, or just taking a walk more fun. Because there's no easier way to take your music along for the ride.

The Walkman comes with featherweight (1.4 oz.) stereo headphones, carrying case, and an extra jack for a second set of headphones. And an exclusive Hot-Line button that lets you carry on a conversation or sing along over the music.

Stop by a Sony dealer and hear one for yourself. Your eyes won't believe your ears. Because nothing this small ever sounded this big.

SONY
THE ONE AND ONLY

초기의 워크맨 광고.

것이 이토록 크게 들린 적은 없었으니까요." 다른 광고에서는 이동성을 강조했다. "언제 어디서나, 그리고 누구에게나"라는 문구와 함께 헤드폰을 낀 상태로 롤러스케이트를 타고, 벽에 그림을 그리고, 식료품을 들고 가는 사람들의 사진이 실렸다.

우리는 워크맨과 그 후손들을 정의하게 될, 애초부터 설계된 몇 가지 테마를 읽어낼 수 있다. 일부 청취자들은 지루한 일상에 활기를 불어넣거나 불쾌한 기본 소음을 없애는 등 일상 생활에 즐거운 사운드트랙을 더하기 위해 워크맨을 사용했다. 한 여성은 1980년 7월 〈뉴욕 타임스〉 기자에게 극찬하는 투로 이렇게 말했다. "이스트 57번가를 걸으면서 〈파바로티의 위대한 히트곡〉 앨범을 듣고 있었어요. 정말 환상적이었고, 도시의 끔찍한 소리도 차단해줬죠."[59] 한 비즈니스 컨설턴트는 〈시카고 트리뷴〉 기자에게 출근길에 워크맨을 사용한 경험을 털어놨다. "왕복 34분의 '죽어 있던 시간'이 이제는 소리로 가득해졌어요."[60]

사람들은 이미 워크맨을 통해 자신만의 오락을

초기 워크맨 광고. 이 이미지는 다양한 종류의 활동을 하고 있는
워크맨 착용자들의 사진과 함께 다른 광고에도 실렸다.

퍼스널 스테레오

개발해 즐기고 있었다. 그들에게 타인의 선호도는 고려 대상이 아니었다. 마크 라바스코라는 이는 〈타임스〉 기자에게 말했다. "워크맨을 들고 디스코 클럽에 갔는데 DJ가 틀어주는 음악이 마음에 들지 않는다? 워크맨으로 음악을 감상하면 돼요. 그럼 행복해질 수 있죠."[61]

또다른 사람들은 지금 우리가 멀티태스킹이라고 부르는 작업을 위해 워크맨을 사용하기 시작했다. 워크맨은 주로 음악을 듣는 용도로 고안되었고, 그 용도가 지배적이었지만 그것만이 유일한 사용법은 아니었다. 또다른 여성은 워싱턴스퀘어 공원에서 롤러스케이트를 타면서 초급 프랑스어 수업을 들었다. 핀스트라이프 정장을 입은 어떤 남성은 비서가 녹음해놓은 비즈니스 미팅 내용을 따라잡고 있었다.[62]

생각하는 사람의 박스

당시 워크맨에 대해 논할 때 더 시끄럽고 컸던 이

전 모델인 붐박스를 빼놓고는 이야기하기 어려웠다. 그것은 흔히 '박스' '부기박스'로 통했고 경멸적인 표현으로 '게토 블래스터'라고도 불렸다. 붐박스는 1970년대 중반 미국에서 처음 등장해 곧 뉴욕 힙합문화를 비롯한 도시 청소년문화의 일부가 되었다.

어떤 사람들에게 붐박스는 공원과 길모퉁이에서 사람들을 한데 모으는 즐겁고 중요한 역할을 했다. 일종의 음향 캠프파이어였던 셈이다.[63] 붐박스는 가치 있는 서비스를 제공하는 수단이기도 했다. 힙합 의류 디자이너 트레버 클라크는 이렇게 말한다. "동네에서는 모두 각자의 역할이 있어요. 어떤 놈들은 아무 일 없이 돌아다니고, 어떤 놈들은 터프가이고, 또 어떤 놈들은 춤을 잘 추

퍼스널 스테레오

고, 뭐 이런 식이죠. 그리고 붐박스를 가진 놈이 있죠. 붐박스 때문에 그 놈과 어울리게 되는 거고요."[64] 이렇게 붐박스는 지위의 상징이자 이동식 파티를 여는 수단이었다.

원하지도 않았는데 귀를 멍멍하게 만드는 힙합 사운드를 모두가 환영한 건 아니었다. 붐박스를 들고 다니려면 싸움까지는 아니더라도 더러운 시선을 감수해야 했다. 이런 의미에서 힙합은 자기 자신을 당당하게 드러내는 정치적 발언으로 여겨졌다. 힙합 역사가 아디사 반조코는 말한다. "당시 미국사회에서 흑인의 목소리는 들리지 않았어요. 그래서 누군가 붐박스를 들고 있다면 그의 말을 들어야만 한다는 거였어요."[65]

당연히 붐박스를 바라보는 시각은 만장일치가 아니었다. 〈월스트리트 저널〉의 한 기자는 이 박스에 대해 이렇게 썼다. "볼륨 설정이 '시끄러움' 한 가지만 있는 것 같다. 재생되는 장소도 공원처럼 조용해야 할 곳이나 거리, 버스, 지하철 등 이미 너무 시끄러운 곳들이다. 아무도 음악을 트는 사람에게 꺼달라고 요청하지 않는다. 보통 키가 8피트(약 2.4미터)이고 몸무게는 400파운드(약 180킬로그램)쯤 되기 때문이다. 키가 작으면 일반적으로 한 주머니에는 칼을, 다른 주머니에는 전기 충격기를 숨기고 있는 것으로 여겨진다."[66] 암묵적인 가정은 그 사람이 흑인이라는 것이었다.

워크맨이 등장했을 때 붐박스와의 차이점이 눈에 띄게 두드러졌다. 우선 로지 페레즈가 말한 것처럼 붐박스는 "정말, 정말 무거웠다".[67] 반면 워크맨은 작고 가벼웠다. 바로 이 제품의 두 가지 판매 포인트였다. 그것은 매우 다른 고객층에게 어필했다. 모리타가 생각한 주요 시장은 젊은 층이었지만 처음에 워크맨은 다소 세련된 고객층을 끌어들이는 것처럼 보였다. 초기의 몇몇 언론 보도에서는 워크맨 사용자가 붐박스를 들고 다니는 타입이 아니며, 나이·계급·인종 등에서 뚜렷한 대조를 이룬다고 봤다. 길거리를 지나가던 한 남성은 워크맨을 "생각하는 사람의 상자"라고 불렀다.[68]

이처럼 워크맨은 지위의 상징이기도 했지만 또 다른 인구통계학적 특성도 존재했다. 〈월스트리트 저널〉 기자는 이렇게 썼다. "마고 헤밍웨이나 헨리 키신저 같은 유명인사와 어울리는 사람들이 지하철에서 이 '박스'를 갖고 다니지는 않는다. 하지만 이 스마트한 세트는 매우 빠르고 뜨겁게 새로운 지위의 상징이 되어가고 있다. 중산층과 상류층의 반응이 특히 대단하다." 예를 들어 블루밍데일스 백화점에서 워크맨을 시연할 때 샘플로 트는 음악은 "극히 부드럽고 감상적인 음악과 클래식"이었다.[69]

두 가지 접근방식이 대조적으로 나타난다. 하나는 더 사교적이지만 거슬리는 방식이고, 다른 하나는 더 정중하고 사적이지만 내성적인 방식이다. 하나는 더 대립적이고 경우에 따라서는 정치적인 반면 다른 하나는 내향적이고 비정치적이다.

각각은 공공 공간과 시민생활에 매우 다른 영향을 미친다.

하지만 붐박스의 일부 팬들조차 후자의 접근 방식을 높이 평가했다. 영화 〈똑바로 살아라〉(1989)에서 붐박스를 들고 다니는 캐릭터를 창조했던 스파이크 리는 나중에 이렇게 썼다. "붐박스가 그리울까요? 절대 아니죠. 소니의 워크맨에 감사할 따름이에요."[70]

외교관에서 등산객까지

처음에 이 장치는 충분히 새롭고 특이했다. 착용자들이 길거리에서 서로 미소짓거나 고개를 끄덕

퍼스널 스테레오

이거나 헤드폰을 기울여 인사를 건넬 정도였다. 이런 행동은 메르세데스벤츠 소유자들이 친근하게 경적을 울리며 서로를 알아보는 일에 여러 번 비유되었다.[71] 심지어 헤드폰 착용자들이 잠깐씩 헤드폰을 바꿔서 사용했다는 보도도 있었다.[72]

곧 워크맨은 얼리어댑터를 넘어 완전한 유행 아이템으로 자리잡기 시작했다. 1980년 8월 〈시카고 트리뷴〉에 발표된 "현재 유행하는 세련된 100가지 목록"을 보면 모카신, 퀼로트, 체크무늬, 헝클어진 머리를 한 남성 등 다른 인기 트렌드와 함께 친구와 워크맨 헤드폰을 공유하는 행위가 '포함'됐다. (아디다스, 키시, 페이즐리, 데님 재킷은 붐박스와 함께 '빠졌다'.)[73]

얼마 지나지 않아 워크맨을 착용하는 사람들의 다양성이 눈에 띄기 시작했다. 1981년 9월 〈뉴요커〉는 '장안의 화제'라는 기사를 통해 "조류의 이동 경로를 추적하는 조류 관찰자처럼 지난 몇 주 동안 워크맨을 착용한 사람들을 주목해왔다"고 보도했다. 이 조사는 뉴욕, 워싱턴DC, 시카고, 샌프란시스코, 시애틀, 브리티시컬럼비아주 빅토리아에서 이루어졌다. 이 기사를 쓴 사람은 이렇게 적었다. "워크맨 착용자들 중에는 롤러스케이터, 배달원, 검은색 정장을 입은 외교관, 말을 탄 경찰관, 스튜어디스, 샌프란시스코 케이블카 조종사, '근엄한 표정의 동양인 부부', 무지개 멜빵을 한 백발의 등산객, 어린아이 등이 있었다."[74]

하지만 이 새롭고 중독성 강한 장치를 반기지 않는 사람들도 있었다. 이 장치 때문에 이별의 위협을 받거나 이별을 했다는 보고도 나왔다. 한 여성은 남편에게 "우리 결혼이야, 당신의 소니야?"라고 말했고, 남편은 워크맨을 총각 친구에게 팔아야 했다.[75] 뷰티 매거진의 영업 임원이었던 디셈버 콜이라는 젊은 여성은 "계속 자기만의 음악에 맞춰 춤을 추는 기본적으로 무례한" 남성과 함

께 애틀랜틱시티로 여행을 떠났던 기억을 떠올렸
다. "이따금 '이거 들어봐야 돼'라고 제게 말하곤
했어요. 그러면서 헤드폰을 잠시 씌워줬죠. 제가
'그래, 좋네'라고 대답하면 헤드폰을 다시 가져갔
어요." 그것이 그들의 마지막 데이트였다.[76]

현실의 바깥

순수한 놀라움과 즐거움을 넘어서 워크맨을 듣는
다는 건 어떤 느낌이었을까? 이제 우리 대부분은
아이팟이나 스마트폰으로 비슷한 경험을 하는 데
익숙하다. 그러나 너무나 익숙한 나머지 잠시 멈
춰서 그것에 대해 되돌아보는 경우는 거의 없다.

　워크맨을 경험하는 행위가 근본적으로 낯설었
던 이유는 시각과 소리의 단절과 관련 있었다. 가
장 먼저, 길을 달리는 자동차나 지하철에서 들을
수 있는 사람들의 수다 등 눈에 보이는 것과 일치
하는 소리가 사라지거나 많이 줄어들었다. 이것은
그 자체만으로도 현실과의 접촉 경험을 바꾸기에

충분했다. 그뿐만이 아니었다. 소리들이 직접 귀로 흘러들어왔다. 보통 음악은 콘서트의 스피커나 거실의 스테레오 시스템처럼 외부에서 흘러나오는 것이었지만 헤드폰을 사용하면 마치 내 머릿속에서 소리가 나는 것처럼 느껴졌다.

가장 기본적인 수준에서 이러한 감각적 규범으로부터의 일탈은 그야말로 초현실적인 경험을 만들어냈고 파벨의 말처럼 종종 마약에 비유되기도 했다. 한 설문조사에서 어떤 청년은 비슷한 기분을 경험한 적이 있느냐는 질문에 "아마도 술에 취했을 때나 저녁에 약간 약을 한 상태로 집으로 돌아가는 길에 느꼈던 기분인 것 같아요"라고 대답했다.[77]

워크맨은 일부 사람들로 하여금 다른 방식으로

주변 세상과 관계를 맺게 했다. 그들은 불가피하게 세상으로부터 물러난 게 아니라 단지 세상을 다르게 보았을 뿐이다. 같은 설문조사에서 한 여성 청취자는 이렇게 얘기했다. "워크맨을 사용하니까 사람들이 다니는 길에서 누군가가 격렬하게 뭔가를 하는 게 이상하게도 멀게 느껴져요. 하지만 워크맨이 없을 때보다 어쩐지 더 의식하게 되더라고요."[78] 이렇듯 워크맨 착용자는 현장 참여자가 아닌 구경꾼이 되었다.

마약을 제외하고 가장 흔히 비유되는 것은 이미 살펴본 바와 같이 영화였다. 어쨌든 영화는 외부에서 스토리에 소리를 입히는 '논다이어제틱 사운드'라는 개념을 최초로 도입한 매체다. 이런 까닭에 어떤 사람들은 워크맨을 통해 스스로가 영화 속에 있는 것처럼 느꼈고, 어떤 사람들은 영화를 보는 것처럼 느꼈다. 독일에 거주하는 아프가니스탄 출신 학자인 35세 남성은 이렇게 고백했다. "세상이 다시 웅장하게 보여요. 더 다채롭고, 더 다양하고, 더 자유로운 느낌. 마치 파노라마처럼, 스토리가 있는 영화처럼 말이죠. 현실이 바뀌면서 마치 현실 바깥에 있는 것처럼 느껴져요."[79]

몇 년 후 노르웨이의 소설가 칼 오베 크나우스고르는 워크맨이 불러일으킨 독특한 심리상태를 묘사했다. 그는 이기팝과 록시뮤직을 들으며 시내를 걷고 있었다. "그때 나의 내부와 내가 아끼던 외부세계 사이의 거리감과 관련된 무언가가 떠올랐다. 술집 옆에 모여 있던 사람들의 취한 얼굴이 마치 나와는 다른 차원에 존재하는 것처럼 보였다. 지나가는 자동차, 주유소에서 차를 타고 내리는 운전자, 카운터 뒤에 서서 지친 미소와 기계적인 움직임으로 일하는 상점 직원, 개를 산책시키는 남자들도 그렇게 느껴졌다."[80]

이렇게 시각과 청각이 단절되었음에도 두 감각은 때로 재미있는 방식으로 다시 만나는 듯했다.

익명의 한 여성은 〈뉴요커〉에 이렇게 썼다. "워크맨을 들을 때는 음악만 듣는 게 아니에요. 주변 풍경을 위한 사운드트랙도 함께 듣는 거죠. 때때로 제가 듣는 것과 보는 것이 매끄럽게 맞아떨어져요. 예를 들어 보행자들이 재빨리 길을 가로질러 뛰어가는 모습은 멋진 감독이 다소 웅장하고 약간은 비대칭적으로 연출한 것처럼 느껴지죠."[81]

이 시각과 청각의 새롭고 낯선 기묘함은 경탄을 불러왔다. 소설가 윌리엄 깁슨은 어려운 형편에도 워크맨을 구입했고, 나중에 "한 달 동안 헤드폰을 벗지 않았다"고 고백했다.[82]

2. 규범

1980년대 중반 어느 날 마른 체구의 13세 소년 크리스 고파드는 친구 샘과 함께 로스앤젤레스의 한 쇼핑몰 밖을 걷고 있었다. 두 사람에게는 크리스의 워크맨과 그가 가장 좋아하는 헤비메탈 밴드인 콰이어트라이어트의 〈메탈 헬스〉 테이프가 있었다. 돈을 아껴서 구입한 것이었다. 크리스는 회상한다. "돈이 별로 없었어요. 그래서 이 테이프는 제게 정말 큰 의미였죠." 그는 모든 노래를 달달 외우고 다녔다.

그들이 걷고 있을 때 여성과 함께 유아차를 밀고 있는 한 남성이 그들에게 다가와 한번 들어볼 수 있겠느냐고 물었다.

크리스와 그의 친구는 순진해 빠진 타입은 아

니었다. 1980년대 LA에서 그들은 경계를 늦추지 않았다. 그러나 그 남자는 해를 끼칠 것처럼 보이지 않았다. 그는 친근한 분위기를 풍겼고, 가정적인 사람인 게 분명했다. 당시 워크맨을 들고 있던 샘이 워크맨을 건네줬다. 남자는 워크맨을 받아서 헤드폰을 착용하고는 이렇게 말했다.

"이제 이건 내 거야. 꺼져."

깜짝 놀란 크리스와 샘은 반항했지만 그 남자는 두 배나 큰 덩치를 자랑했다. 남자와 여자는 유아차를 밀며 걸어갔다. 경찰이나 공중전화는 보이지 않았다. 할 수 있는 게 아무것도 없었다.

크리스는 이렇게 회상한다. "집에 금속 마스크를 쓴 채 노려보는 구속복 입은 정신병자의 강렬한 표지가 그려진 〈메탈 헬스〉 카세트 케이스가 있었어요. 테이프를 어떻게든 다시 구할 거라고 생각하면서 몇 년 동안 버리지 않았죠." 수년 동안 그는 환상으로나마 복수를 꿈꿨다.[1]

히어 머프스와 발라되르

이 도난 사건은 매우 뻔뻔스럽다는 점만 빼면 그리 드문 일이 아니었다. 워크맨은 가방이나 사물함에서 자주 사라지는 물건이었다. 추첨이나 경연대회 상품으로 나눠주기도 했다. 즉 워크맨은 소비자들이 탐내는 제품이었고, 출시 후에도 오랫동안 인기를 끌었다. 1980년대 중반이 되자 '워크맨 혁명'은 단기간 유행이 아니라는 게 분명해졌다. 스테레오는 이제 참신한 무언가가 아니었다. 그것은 전 세계 수백만 명의 필수 장비이자 도시생활의 일부였다.

출시 10주년이 되던 1989년까지 소니는 워크맨을 5천만 대 넘게 판매했다.[2] 소니는 수년에 걸쳐 더욱 날렵해진 외양, 소음 감소 기능, AM / FM

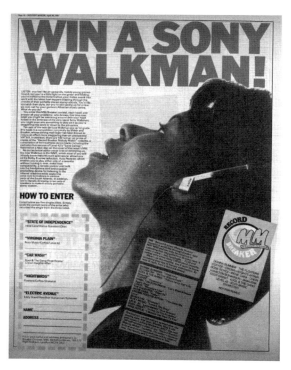

"소니 워크맨을 받아 가세요!"
1983년 음악 잡지 〈멜로디 메이커〉에 실렸던 광고.

퍼스널 스테레오

라디오, 갖가지 색상 옵션 등으로 다양하게 개선하면서 수십 가지 모델을 출시했다. (인기를 모았던 방수 스포츠워크맨은 택시 같은 노란색이었다.) 1986년 소니는 태양열로 구동되는 모델도 출시했다. 한편 파나소닉, 도시바, 산요, 히타치, 샤프 등의 경쟁사들도 연간 3천만 대 이상의 퍼스널 스테레오를 생산하고 있었다.[3] 소니는 가격을 인하했고, 유명하지 않은 브랜드에서 출시한 것들은 최저 10달러[4]로 훨씬 저렴했다. 당연히 구하기도 훨씬 쉬웠다. 진취적인 사업가들이 이 시장에 뛰어들었다. 예를 들어 한 창의적인 모피 업체는 귀마개 안에 이어폰을 넣어 추운 날씨가 음악을 듣는 데 방해가 되지 않도록 만든 '히어 머프스Hear Muffs'를 선보였다.[5]

열풍은 전 세계 대부분의 국가로 퍼져나갔다. 일본, 미국, 캐나다뿐만 아니라 서유럽에서도 퍼스널 스테레오가 큰 인기를 끌었다. 프랑스 정부는 '워크맨'이 프랑스어와 섞인다는 이유로 반감을 드러냈고 대안으로 발라되르baladeur라는 단어를 장려했다. 소련과 당시 제3세계로 알려진 지역에서는 빈곤과 무역제한이 문제였지만 퍼스널 스테레오의 확산을 완전히 막기란 불가능했다. 인도에서는 밀수업자들이 국가의 수입통제를 피해 암시장에서 퍼스널 스테레오를 판매했다.[6]

1980년대의 상징

그러나 워크맨의 지속적인 인기는 기기에 대한 불안감의 증가와 맞물렸다. 불안함은 합법적인 것도 있었고, 불필요한 우려를 조성하는 것도 있었다. 또한 일상적이거나 철학적인 것 등 그 종류도 다양했다.

부분적으로 워크맨에 대한 우려는 새로운 기술

의 빠른 보급에 필연적으로 수반되는 불안감을 나타냈다. 워크맨의 기술혁신은 미미했지만 관행의 변화는 뚜렷했다. 더욱이 그 변화는 빠르게 일어났고 눈에 잘 띄었다. 공공장소에서 헤드폰을 착용하는 사람이 사실상 아무도 없었다가 마치 파마나 폴리에스테르처럼 갑자기 보편화되었던 것이다.

여러 가지 변화가 있었다. 먼저 청력 손상에 대한 우려가 제기되었다. 역사상 처음으로 수백만 명이 고막에서 불과 몇 밀리미터 떨어진 스피커로 듣는 것이나 마찬가지였던 까닭이다. 다른 활동을 하면서도 워크맨을 사용한다는 이유로 안전에 대한 우려 역시 제기되었다. 그리고 무엇보다 그들은 카세트테이프를 사용했다. 카세트는 LP만큼 인기 있던 적이 없다가 어느새 음악 산업을 뒤흔들고 있었다.

물론 휴대용 개인 오락물 개념이 완전히 새로운 것은 아니었다. 벤치에서 책을 읽거나 전철에서 잡지를 읽거나 붐박스를 어깨에 메고 다니는 행위는 이미 오래전부터 가능했다. 새로운 것은 바로 전자 시스템이었다. 그것은 개인화되고 몰입할 수 있는 경험을 제공하면서 주변 세계와의 관계에 변화를 가져왔다. 한 세기 전에 사람들은 녹음기술 덕분에 사적인 공간에서 혼자 음악을 듣게 됐다. 이 새로운 기술과 함께 사람들은 그 사적인 경험을 공공장소로 가져올 수 있었다. 두 영역의 구분이 혼란스러운 방식으로 무너지기 시작한 것이다.

청력 손실이나 음악산업에 미치는 영향 같은 일부 우려는 비교적 간단한 문제였다. 워크맨의 더 넓은 의미에 초점을 맞춘 더 깊은 우려는 해결하기가 한층 어려웠다.

퍼스널 스테레오는 곧 그 시대를 대표하는 중요한 상징이 되었다. 그것이 상징하는 바는 중구난방이어서 MTV 세대와 여피족, 미국의 소비주의와 미국의 약점, 그리고 무엇보다 1980년대 미국을 넘어 전 세계에 만연한 개인주의를 논할 때면 어김없이 워크맨이 등장했다.

워크맨은 이 모든 걸 어떻게 상징할 수 있었을까? 오늘날 워크맨의 기능은 극도로 제한적인 것처럼 보이지만 실상 워크맨은 다용도 제품이었다는 걸 기억해야 한다. 워크맨은 휴대가 간편했기 때문에 버스, 체육관, 길거리 등 다양한 환경에서 이용할 수 있었다. 음악의 이질성 덕분에 멍하게 있을 때, 운동할 때, 멋진 퍼포먼스를 감상할 때, 잠들 때도 사용 가능했다. (스와힐리어를 공부하거나 〈안나 카레니나〉 음악을 듣는 데도 사용할 수 있었다.) 결정적으로 의도했든 의도하지 않았든 자신과 주변 환경 사이에 장벽을 세울 수 있었고, 사람들은 실제로 그렇게 했다. 이 기능은 사회적 상호작용을 방해했고, 감지하기 어려운 불안한 방식으로 공공 공간에 영향을 미쳤다.

그 결과 워크맨은 시대의 근본적인 병폐를 상징하는 동시에 그 병폐를 악화시키는 원인으로 여겨졌다. 이러한 인식이 완전히 근거 없는 것은 아니었다. 그러나 워크맨을 사랑했던 사람들의 마음속에는 훨씬 더 미묘한 진실이 존재했다.

공중보건 문제

먼저 이 장치에 대한 보다 실질적인 반대 의견을 살펴본다. 워크맨의 장점 중 하나는 이론적으로 다른 사람에게 방해가 되지 않는다는 점이었다. 하지만 모든 사람이 그렇게 생각한 건 아니었다. 사실 워크맨이 붐박스만큼 방해가 되지는 않았다. 하지만 높은 볼륨으로 재생하면 음악이 종종 헤드폰에서 새어나오면서 주변에까지 들렸다. 특히 대중교통에서 원치 않는 힙합과 록 비트가 들리는 것은 어느덧 흔한 불만사항이 되었다. 1989년 도쿄 지하철에서 한 중년 남성이 어린 학생이 끼고 있는 이어폰을 빼서 볼륨을 낮추라고 요구한 사건이 있었다. 그 학생은 다른 승객들이 지켜보는 가운데 이 남성의 턱을 부쉈다고 한다.[7] 몇 년 후 런던 지하철에서 한 통근자가 쿵쾅대는 음악소리에 격분해 10대 승객의 헤드폰 줄을 끊어버린 적도 있었다. 다른 승객들은 박수를 보냈다고 한다.[8]

청력 손실도 이와 관련된 문제였다. 음원이 귀바로 옆에 있을 뿐 아니라 음악이 도시의 소음, 공장, 잔디 깎는 기계 등과 경쟁하면서 청취자가 볼륨을 높여야 하는 경우가 많았기 때문이다. 수년에 걸친 여러 연구 결과 워크맨의 과도한 사용은 귀에 손상을 입힌다는 게 밝혀졌다. 사람들은 워크맨과 시끄러운 콘서트를 경험한 세대 전체가 난청을 겪게 될지도 모른다고 우려했다.

1970년 미국 산업안전보건국은 매일 네 시간 이상 최소 95데시벨의 소리에 노출되면 지속적인 청력 손상이 발생할 수 있고, 115데시벨에 장시간 노출되는 것은 결코 안전하지 않다고 발표했다. 1982년 터프스뉴잉글랜드메디컬센터 연구원들은 〈뉴잉글랜드 의학 저널〉에 보낸 서한에서 세 가지 퍼스널 스테레오를 테스트한 결과를 설명했다. 그들은 볼륨을 4로 설정하면 93~108데시벨, 8 이상으로 설정하면 보통 115데시벨이 넘는다는 사실을 발견했다. 연구진은 이렇게 결론을 내렸다. "소음과 그 영향에 대해 알려진 바에 비추어볼 때 워크맨이 영구적인 상호 지각신경 난청을 유발할 가능성이 있다는 점에 의심의 여지가 없다."[9] (쉽게 말해 이러한 유형의 손상은 희미한 소리를 듣거나 말을 해독하는 걸 어렵게 만든다는 것이다.)

뉴욕 거리에서 실시한 설문조사에 따르면 워크맨 사용자들은 일반적으로 볼륨을 100 또는 120 데시벨까지 높였다. 〈뉴욕 타임스〉의 칼럼니스트 한스 팬틀은 이렇게 썼다. "이것은 덮개 없는 잭해머가 내는 소리에 가까운 수준이다." 그는 자동차업계의 선례에 따라 가전업계가 청력 손상을 제품이 아닌 부적절한 사용 탓으로 돌리면서 이 '공중보건 문제'에 대한 책임을 회피하고 있다고 개탄했다. 이러한 우려를 심각하게 받아들인 회사도 있었다. 코스사는 볼륨이 95데시벨에 도달하면 깜박이는 경고등을 기기에 부착했다.[10] 이후 소니는 부모가 최대 볼륨을 설정할 수 있는 어린이용 워크맨인 '마이 퍼스트 소니'를 출시했다. 색상은 밝은 빨간색이었다.

안드레아스 파벨은 자신의 기기를 마약에 비유한 바 있다. 그 비유는 생각보다 훨씬 더 적절한 것이었을지도 모른다. 청각학자들은 시끄러운 소리가 알코올과 유사한 효과를 일으키고, 흥분과 진정 효과를 유발할 수 있다고 지적했다. 한 전문가는 이렇게 말했다. "소음에 취할 수 있어요. 매우 큰 소리는 도취감을 주고, 거기엔 중독성이 있을 수 있죠." 역설적이게도 청력손상은 같은 효과를 얻기 위해 볼륨을 더 키워야 한다는 것을 의미한

다.[11]

1980년대가 끝날 무렵 영국 킬대학교 교수들은 대학원생들이 교수진보다 청력이 더 나쁘다는 사실을 발견했다. 록 콘서트에 가고 헤드폰으로 음악을 듣는 젊은이들의 청력손실에 대한 연구를 진행하기로 처음 결정했을 때 교수들은 이 범주에 속하지 않는 대조군을 찾는 데 어려움을 겪었다. 결국 연구진은 조건에 맞는 중국인 유학생과 종교적으로 시끄러운 음악을 금하는 일부 피험자를 찾아냈다. 연구 결과 워크맨과 록 팬의 3분의 1 이상이 측정 가능한 청력손실을 겪고 있었고, 이는 대조군의 두 배가 넘는 수치였다.[12]

퍼스널 스테레오

워크맨으로 인한 죽음

한편 퍼스널 스테레오의 즉각적인 청각 방해와 관련된 안전 위험도 우려됐다. 최소 9개 주에서 차량 내 헤드폰 사용을 금지했다. 캘리포니아, 플로리다, 조지아, 매사추세츠, 미네소타, 펜실베이니아, 버지니아, 일리노이, 워싱턴.[13] 캘리포니아 법은 1974년에 제정되었지만 워크맨이 출시된 이후 위반 사례가 급격히 증가했다. 비벌리힐스의 한 경찰관은 이렇게 회상했다. "얼마 전 콜드워터캐니언 대로에서 시속 90킬로미터로 달리는 한 남성을 발견했어요. 그 남자를 세우려고 사이렌을 울리면서 바로 옆에 차를 댔죠. 저를 쳐다보긴 했지만 아무것도 듣지 못하더라고요. 제가 뒤따라오고 있다는 사실을 깨닫기까지 몇 블록이나 걸렸어요."[14]

1982년 뉴저지주 우드브리지에서는 금지 대상을 길을 건너는 자전거와 보행자로 확대해 헤드라인을 장식했다. (인도에서의 사용은 허용되었다.) 이 법안에 따르면 위반시 50달러의 벌금 또는 최대 징역 15일의 처벌을 받을 수 있었다.[15] 이 금지법을 발의한 시의원 리처드 커즈니악은 헤드폰 관련 사망 사고가 여러 건 있었다고 주장하면서 다른 200개 지방자치단체에서도 조례 내용을 요청했다고 밝혔다.[16]

우드브리지에서 교통법규 위반으로 걸린 첫번째 보행자는 오스카 그로스라는 남성이었다. 그는 메인 스트리트를 횡단하는 동안 헤드폰을 벗기를 거부했다. "첫번째 소환장을 받은 게 자랑스럽네요"라고 말하면서 그는 덧붙였다. "제 생각에 이 조례는 개인이 원할 때마다 착용하는 것을 금지하기 때문에 위헌입니다." 실제로 그는 자신의 주장을 관철하기 위해 금지 규정을 어긴 것이었다. 이는 기록상 가장 특이한 시민불복종 사례 중 하나

였다. 심지어 그는 당시 헤드폰을 기기에 꽂지도 않은 상태였다.[17]

위험은 진짜였을까? 비극이 전염병 수준에 이르지는 않았지만 우려를 입증하는 듯한 보도가 간혹 튀어나왔다. 1983년 워싱턴DC 지역에서 암트랙 열차가 자전거를 타고 가던 18세 소년을 치어 숨지게 했다.[18] 시카고 교외에서는 한 젊은 여성이 번화한 거리를 건너다가 사망했다. 그리고 펜실베이니아 출신 남성 두 명이 철로를 따라 걷다가 열차에 치여 사망한 사건 등이 뉴스에 등장했다.[19] 당시 그들은 모두 헤드폰을 착용하고 있었다고 한다.

사고뿐만 아니라 범죄에 대한 두려움도 커졌다. 1989년 2월 스무 살의 플로리다대학교 학생 티파니 세션스는 해가 질 무렵 워크맨을 들고 걷기 운동을 하러 나갔다가 실종되었다. 주 보안관국의 대변인은 야외운동을 즐기는 사람들에게 경고했다. "워크맨을 착용하지 마세요. 차가 뒤에서 다가와서 멈춰도 아무 소리도 못 들을 겁니다. 덤불 속에서 바스락거리는 사람이 있어도 그 소리를 듣지 못할 거고요. 듣고 나서는 이미 늦었을 겁니다."[20]

홈테이핑이 음악을 죽이고 있다

비즈니스 세계에서 워크맨에 대한 반응은 엇갈렸다. 긍정적인 측면을 보자면 그것은 분명 소비자 가전 업계에 큰 도움이 되었고, 테이프에 녹음된 책의 인기가 급증하는 계기를 마련했다. 1983년까지 '북스온테이프'와 '테이프웜'을 비롯한 여러 회사는 녹음된 책을 대여하거나 판매했다. 북스온테이프는 1975년에 설립되었지만 워크맨이 유행하기 시작한 1980년까지는 판매 부진을 겪었다. 워크맨이 인기를 모으면서 트레이시 키더의 베스트셀러인 〈새로운 기계의 영혼〉이나 〈보물섬〉, 자기계발서인 〈괜찮아 괜찮아〉 등 다양한 제품이 판매되었다.[21] 1980년대에는 여러 국제도시의 관광안내를 위한 '여행 카세트' 같은 제품도 등장했다.[22]

음반업계에서는 워크맨이 어디까지 축복이고 어디까지 저주인지 말하기 어려웠다. 워크맨의 주요 효과로 카세트 수요가 늘었다. 카세트는 집에서, 자동차에서, 걸으면서 등 거의 모든 곳에서 사용할 수 있는 매체가 되었다.

많은 경우 카세트를 듣는다는 것은 홈테이핑, 즉 바이닐을 녹음한 테이프를 듣는 것이었다. 즉 소유하고 있는 레코드를 당신이 원하는 순서대로 복사한 뒤 워크맨으로 혹은 차 안에서 들을 수 있었다. 혹은 소유하지 않은 레코드를 테이핑할 수도 있었는데 여기에는 더 많은 논란의 소지가 있었다. 일본에서는 홈테이핑을 더 용이하게 만들려는 의도가 다소 노골적으로 드러난 음반대여점의 등장과 함께 홈테이핑이 활성화되었다. 미국 음

영국 축음기협회의 캠페인 슬로건.

퍼스널 스테레오

반업계는 자체 조사를 통해 홈테이핑으로 인해 연간 최소 10억 달러의 손실이 발생한다고 주장했다.[23]

업계에서는 홈테이핑을 아티스트와 기업의 정당한 수익을 박탈하는 절도 행위로 간주했다. 미국과 영국에서는 무역기구들이 홈테이핑을 비윤리적이고 불법적인 행위로 비난하며 이를 막기 위해 적극적인 행동에 나섰다(사실 미국에서는 법적으로 합법인지 아닌지가 모호했지만). "홈테이핑이 음악을 죽이고 있습니다"는 1981년 영국 축음기 협회에서 시작한 캠페인의 유명한 슬로건이었다. 이 문구는 카세트와 뼈 두 개를 교차한 이미지(구멍 난 카세트가 마치 두개골처럼 보인다)와 함께 인쇄되어 이후 몇 년 동안 협회 회원사가 발매한 음반 슬리브에 부착되었다.[24] 미국 음반 업계는 공테이프에 세금을 부과하는 것을 추진했다. 서독, 스웨덴, 헝가리, 오스트리아에서는 세금을 매기는 데 성공했다.[25] 일부 전문가들은 이러한 공격적인 반응을 업계와 팬들 사이의 적대적인 관계의 시작이자 이후 MP3를 둘러싼 더 격렬한 싸움의

예고편으로 봤다.[26]

그러는 동시에 '이미 녹음된 카세트', 즉 음반 회사가 판매한 음악 테이프의 품질이 꾸준히 올라가 결국 그 인기가 바이닐에 필적했다. 카세트는 원래 음악용으로 만들어진 게 아니었다. 역사적으로도 다양한 용도로 사용되었다. 따라서 당시에는 카세트의 이러한 발전이 충격으로 다가왔다. 1982년 〈뉴욕 타임스〉의 한 칼럼니스트는 이렇게 썼다. "자동차, 해변, 워크맨, 크기, 편의성, 향상된 사운드와 신뢰성 등등 그 무엇 때문이든 간에 음반 업계에 놀라운 일이 벌어지고 있습니다."[27] 1980년 카세트 판매량은 9900만 장, EP와 LP는 3억8천만 장이었다. 1984년에는 3억3200만 장의 카세트가 판매된 반면 EP와 LP의 판매량은 2억4460만 장이었다. (CD는 1982년에 처음 선보였지만 1990년대 초가 되어서야 카세트보다 많이 팔리기 시작했다.)[28]

약물 남용이 이어폰 남용으로

지금까지 살펴본 바처럼 워크맨 경험은 사용자들의 마음을 빼앗았다. 그렇지 않은 사람들에게는 어떻게 다가갔을까?

특히 초창기에 사람들은 워크맨 착용자를 이상하게 바라봤다. 헤드폰이 눈에 띄었기 때문만은 아니었다. 반대로 눈에 띄지 않아서이기도 했다. 일부 워크맨 사용자는 참지 못하고 자기만의 음악에 맞춰서 춤을 췄다. 따라서 멀리서 바라보면 미친 사람처럼 보였다. 한 목격자는 이렇게 썼다. "내가 감지할 수 없는 박자에 맞춰 빙빙 돌면서 발을 두드리는 사람을 목격하는 건 참 이상했어요. 정신장애가 있나 싶었는데 이어폰을 보는 순간 그런 의심이 사라졌죠."[29]

퍼스널 스테레오는 보편화된 후에도 반사회적인 것으로 인식되는 경우가 많았다. 이런 측면에서 워크맨 사용자를 (약간은 재치 있게 붙여진 별명이라고도 볼 수 있는데[30]) 워크메너시스 Walkmenaces*라고도 불렀다. 그 뜻은 어느 정도 공간을 공유하길 거부한다는 것이었다. 워크맨 애호가인 빈스 잭슨은 영국 잡지 〈터치〉에 기고한 글에서 이러한 역학에 대해 썼다. "워크맨으로 음악을 듣는 경험은 매우 배타적인 행위예요. 버튼을 누르는 것만으로 세상과 단절되고 싶다는 욕망을 드러내는 거고요. 눈을 감으면 어디든 갈 수 있는 거죠." 그가 인정한 것처럼 그 해방감은 다른 사람들에게 소외감을 줄 수도 있었다. 그는 이렇게 덧붙였다. "워크맨을 틀면 '모두 다 꺼져!'라고 외치는 거나 마찬가지인 거예요."[31]

　워크맨이 등장하기 전 도시의 공공 공간이 따뜻함과 사교성으로 정의되었다고 믿는다면 분명 실수일 것이다. 독일의 사회학자 게오르크 지멜은 1903년에 발표한 저서 『메트로폴리스와 정신 생활』에서 "대도시 유형"은 도시의 감각적 자극과 수많은 낯선 사람들과의 근접성에 대한 방어 수단으로 "보호기관"을 생성한다고 언급했다.[32] 워크맨은 거의 틀림없이 이 보호기관의 물리적 현현이라고 할 수 있다. 하지만 도시생활은 압도적인 것과 같은 이유로 흥미진진한 것이기도 했다. 현대 도시는 미적·감각적 풍요로움은 물론 무한한 모험의 기회를 제공했다. 네덜란드의 예술가 콘스탄틴 가위스는 이렇게 강조했다. "군중 속에서 지루함을 느낀다면 그 사람은 돌대가리입니다. 다시 말합니다. 돌대가리, 경멸당해도 싼 인간."[33]

　어떤 의미에서 워크맨은 새로운 미적 차원을 추

---

　* Walkman과 '위협'이라는 뜻을 가진 menace를 합친 것이다.

가함으로써 그 흥분을 높일 수 있었다. 하지만 낯선 사람 간의 만남을 방해하고 공공 공간의 질을 떨어뜨리기도 했다. 독일의 심리학자 라이너 쇤하머는 워크맨에 대한 자신의 짜증스러운 반응을 이해하려고 애쓰면서 다음 같은 관찰기를 남겼다. "이어폰을 낀 사람들은 대인관계 상호성의 불문법, 즉 공유된 상황에서 공통의 감각적 존재감이 확실해진다는 법칙을 위반하는 것 같다."[34]

쇤하머는 원시적인 수준에서는 특히 청각적 경험에서 이러한 현상이 두드러진다고 주장했다. 예를 들어 시각은 소리와 같은 수준으로 공유되지 않기에 누군가가 공공장소에서 신문 읽는 걸 본다고 해도 청각에 비해 덜 불안하다는 것이었다. "같은 공간에 있는 사람들이 반드시 같은 시야를 가질 필요는 없지만 일반적으로 그들은 같은 소리를 듣게 되고, 더욱이 자연은 우리에게 눈을 감을 수 있는 눈꺼풀은 제공하지만 귀를 가릴 수 있는 귀꺼풀은 제공하지 않는다."[35] (물론 사람들이 단순히 다른 사람들이 신문 읽는 모습을 보는 데 더 익숙하다는 점 역시 요인일 수 있다.)

동시에 헤드폰은 착용자가 최상의 경험을 하고 있다는 메시지를 전달했다. 그들이 MC해머나 신디 로퍼의 음악을 마음껏 누리고 있는 와중에 당신은 공사장 소음이나 지루한 잡담에 시달리고 있다는 식이었다. 마찬가지로, 앞서 살펴본 것처럼 이러한 거리감은 때때로 워크맨 사용자를 주변 환경의 참여자가 아닌 구경꾼처럼 느끼게 만들었다. 어떤 의미에서 이러한 관점은 다른 사람들을 구경거리로 격하시켜, 단지 오락적 목적을 위해 존재하는 것처럼 보이게 만들었다. 그도 아니면 워크맨 사용자들은 주변을 아예 무시할 수도 있었다.

짐작건대 그들은 더 재미있게 놀고 있을 뿐 아니라 자신들의 우월한 경험에 대한 세부 정보를 숨기고 있었다. 이러한 신중한 태도는 붐박스를 강요하는 것보다 더 예의 있는 행동으로 여겨졌지만 당황스러운 측면도 있었다. 또다른 전문가인 일본의 음악학자 슈헤이 호소카와는 이렇게 썼다. "사람들은 워크맨 사용자가 듣고 있다는 건 분명히 알 수 있지만 무엇을 듣고 있는지는 알 수 없기 때문에 불안해했던 거예요. 무언가가 있지만 모습을 나타내진 않았고, 그것은 결국 비밀이었다……이런 식이었던 거죠." 이 비밀은 다시금 우월함을 암시했다. "비밀을 가진 사람은 비밀을 바라보는 사람보다 항상 우위에 있죠."[36]

대중 언론의 분석은 덜 이론적이었지만 그렇다고 해서 덜 비판적인 건 아니었다. 작가 릭 호로위츠는 〈시카고 트리뷴〉에 기고한 글에서 워크맨의 확산이 사회적·심리적으로 미칠 영향에 대해 우려했다. "외부세계를 '침범하지 않는 것'과 완전히 무시하는 것 사이에는 작은 차이가 있을 뿐이다. 워크맨 사용자들은 어디를 가든 감정 기후 조절 따윌 추구하면서 서로를 상대하지는 않겠다는 결심을 새롭게 증명하는 것일 뿐이지 않은가?"[37]

〈시카고 트리뷴〉에 실린 또다른 칼럼니스트의 한탄은 의도치 않은 재미와 통렬함을 주었다. "처음에는 마약 남용, 이제는 이어폰 남용"이라는 제목의 글에서 밥 그린은 최근 자신이 목격한 충격적인 일에 대해 실망감을 표했다. 그는 "얼마 전 오후 문제 있는 사회의 모든 슬픈 징후 가운데 가장 소름 끼치는 장면을 목격했다"라고 서두를 썼는데, 이 가증스러운 사건은 잔혹한 범죄나 파렴치한 아동학대가 아니었다. "오하이오주립박람회장 한가운데서 소니 워크맨 이어폰을 낀 10대 청소년들이 산책하고 있었다. 워크맨은 정신과 기분을 변화시키는 장치로서 특정 약물을 대체하고 있다. (…) 10대 청소년들이 오하이오주립박람회의 소리를 차단해야 한다고 느끼는 지경에 이르렀다면 이 사회는 분명 붕괴할 준비가 된 것이다."

그는 이 배은망덕한 젊은 놈들을 계속 지켜봤다. "어린 나이에 얼마나 세상에 싫증났으면 저럴까를 생각하니 눈물이 다 났다." 워크맨에 대해서는 이렇게 부기했다. "국가 차원에서 워크맨을 완전히 금지하는 게 좋은 생각 아닐지."[38]

사회라는 것은 존재하지 않는다

1989년 12월 어느 날 노동당 국회의원이었던 잭 스트로는 런던 웨스트민스터역에서 열차를 기다리고 있었다. 근처에는 워크맨을 착용한 한 젊은 남성이 빨간 쓰레기통 바로 옆에 서 있었다. 스트로는 이렇게 적었다. "분명히 다 보고 있는데도 커다란 종이 한 장을 플랫폼에 떨어뜨리더군요." 스트로는 잠시 고민한 끝에 그 청년과 정중하게 대면하기로 결정했다.

그 젊은이의 반응은 영 시원찮았다. "대체… 씨… 뭔 상관이야? 씨… 미쳤어? 네가 대체 뭔데?"

그러자 스트로가 눈치를 채기도 전에 젊은이의 친구가 나타나서는 함께 폭언을 해댔다. 스트로는 아무 말도 할 수 없었지만 그 젊은이가 워크맨을 착용하고 있다는 걸 파악했다.

스트로는 마거릿 대처의 명언을 떠올렸다. "사회라는 것은 존재하지 않습니다. 개인과 개인이 있고 가족이 있을 뿐이죠." 그는 혼자 생각에 잠겼다. "이 젊은이들은 대처 시대의 산물이었어요. 그들은 아무것도 기억하지 않았죠. 사회에 대한 개념도, 타인에 대한 책임감도 없었어요."[39]

1979년 대처가 집권했다. 같은 해 지미 카터 미국 대통령은 미국이 도덕적 나침반을 잃어가고 있다고 경고하면서 이렇게 말했다. "우리는 지금 우리 역사의 전환점에 서 있습니다. 선택할 수 있는 길은 두 가지입니다. 하나는 제가 오늘 밤 경고한 길, 즉 분열과 이기심으로 이어지는 길입니다. 다른 하나는 공동의 목적과 미국적 가치의 회복을 위한 길입니다." 같은 연설에서 그는 의회에 휘발유 배급 권한을 요청하고 대중교통에 100억 달러를 투입하겠다고 약속했다. 시민들에게는 카풀과 에너지 절약을 위한 다른 조치를 취할 것을 촉구했다. 그는 이렇게 강조했다. "희생을 피할 수 있는 방법은 없습니다."[40]

1980년 선거에서 로널드 레이건은 세금 인하와 국가 에너지 자원 개발 확대를 공약으로 내세워 44개 주에서 카터를 물리쳤다. 물론 미국 역사에 존재해온 개인주의는 이 시점에서 새로운 게 아니었다. "강인한 개인주의자"들이 변경으로 진출했고(적어도 그것은 신화였다), 미국은 상대적으로 자유주의적 성향이 강한 국가로 널리 알려졌다. 그러나 이러한 정신은 뉴딜정책과 빈곤과의 전쟁 같은 프로그램, 1960년대 사회주의와 공동체 생활에 대한 관심의 증가와 함께 상쇄되었다. 1976년 〈뉴욕〉지의 한 기사에서 톰 울프가 1970년대를 "자기중심적인 시대Me Decade"이라고 명명한 것처럼 1970년대에 들어서자 미국에서는 자아에 더 집중하는 방향으로 문화적 서사가 형성되었다.[41] 그리고 레이건과 대처가 등장해 세금 인하, 규제 완화, 사회복지 해체를 공약으로 내세웠다. 이 프로그램들은 변화를 더욱 공고히 하면서 더욱 개인주의적인 10년을 위한 발판을 마련해줄 것으로 보였다.

워크맨의 출시는 완벽한 타이밍인 듯했다. 한 가지 예를 들자면 헤드폰을 착용함으로써 노숙자들의 호소를 무시하기가 더 쉬워졌다. 더이상 못 들은 척할 필요도 없이 실제로 못 들었기 때문이다. 워크맨을 사용하면 길을 잃은 행인이 길을 물어볼 가능성도 줄어들었다. 너무 귀찮게 하거나 방해가 될까봐서 말이다.

영국의 저명한 비평가이자 칼럼니스트인 A. N. 윌슨은 이렇게 썼다. "퍼스널 스테레오는 자기중심적 세대의 전형적인 액세서리가 되었다."[42]

끊임없는 자위 판타지

개인주의는 연관되어 있지만 뚜렷이 구분되는 여러 의미를 담은 광의의 개념이다. 자립과 작은 정부라는 개념 외에도 이 단어에 대한 또다른 해석은 방종과 관련 있다.

잭 스트로 같은 좌파 비평가들은 워크맨을 우파가 사회적 책임에서 도피하는 증상으로 인식했지만 정작 문화적 보수주의자들은 워크맨을 좋아하지 않았다. 이들에게도 워크맨은 개인주의를 대표하는 것이었다. 그러나 강조점은 달랐다. 그들은 가족 및 소속 공동체의 쇠퇴와 즉각적인 만족을 추구하는 문화를 더 우려했다.

1970년대에 미국의 한부모 가정은 이혼 증가, 재혼 감소, 미혼모 자녀의 비율 증가로 인해 69퍼센트나 증가했다. 1982년 〈이코노미스트〉에 실린 미국 가족에 대한 논평은 이런 현상을 비꼬았다. "핵가족은 이제 핵폭탄보다 더 인기가 없어 보인다."[43]

정치적 견해에 따라 가족의 지위 변화는 다르게 영향을 미쳤다. 이혼법과 사회적 통념의 변화로 더 많은 여성이 학대적이거나 만족스럽지 못한 결혼생활을 떠날 수 있게 되었고, 남성과 여성 모두 결혼과 가정생활을 포기할 자유를 얻었다. 자유주의자, 특히 여성과 동성애자의 권리를 지지하는 사람들에게 통계는 어떤 면에서 진보를 반영하는 것이었다. 하지만 가족은 그 모든 제한과 결함에도 불구하고 오랫동안 안정과 연결의 원천이었다.

따라서 보수주의자들에게 이러한 가족의 감소는 특히 한부모 가정 아이들을 생각할 때 우려스러운 현상이었다.

동시에 오락을 즐기기 위해 더이상 다수가 필요하지 않았다. 1981년 8월 1일 MTV는 첫번째 비디오를 방영했다. 버글스의 〈비디오 킬드 라디오 스타〉였다. 비디오게임의 인기와 함께 MTV는 젊은 이들이 끊임없이 즐길 수 있는 미디어 오락 트렌드의 일부가 됐다.

보수주의자들은 이러한 경향을 가족 해체와 관련이 있는 것으로 해석했다. 우선 즉각적인 만족을 추구하는 경향은 결혼 감소 및 이혼 증가와 관련이 있는 것처럼 보였다. 헌신보다 여러 사람과 만나는 일에 대한 유혹이 커졌고, 관계를 지속하는 것보다 끊는 것이 더 쉬워졌다. 또한 아빠는 가장, 엄마는 주부라는 전통적인 가족 구조에서 벗어난 이른바 '래치키 키즈latchkey kids'*는 혼자만의 시간을 더 많이 갖게 되었다. 이 아이들에게는 혼자 놀도록 해주는 테크놀로지가 있었다.

한 사회학 교수는 〈뉴욕 타임스〉에 "고립은 이 세대를 상징하는 것 같다"라고 썼다. 그는 학생들에게 말했다. "이 세대를 대표하는 이미지를 떠올려야 한다면 비디오게임을 하는 사람, 워크맨을 착용한 사람일 겁니다. 홀로 고립된 상태. 다른 사람과의 관계가 없는 사람이죠." 학생들은 웃으면서 동의했다.[44]

1987년 시카고대학교 사회사상 분과위원회 교수였던 앨런 블룸은 『미국적 정신의 종언: 고등교육은 어떻게 민주주의를 망가뜨리고 오늘날 학생들의 정신을 약화했나』를 출간했다. 이 책은 깜짝 베스트셀러가 되었고 저자를 유명인사로 만들었

* 맞벌이 부부의 아이.

다. 블룸은 셰익스피어와 플라톤을 좋아하는 고상한 취향을 갖고 있었다. 1988년 하버드에서 열린 강연에서 그는 "동료 엘리트 여러분"이라고 청중에게 인사하면서 열광적인 박수를 받았다.

블룸은 현대 미국 젊은이들이 무례하다고 여기지 않았다. 희미한 칭찬을 담아 숙고하여 고른 말에 불과했지만, 그가 보기에 학생들은 "나이스"했다.[45] 그러나 그는 학생들이 고립되었고 방종한 상태라고 간주했다. 베트남 시대에는 징병제를 통해 젊은이들이 공공문제와 세계적 사건에 자동적으로 연결되었지만 1980년대 젊은이들에게는 좋든 나쁘든 그와 견줄 만한 사건이 없었다. 따라서 블룸은 젊은이들이 일반적으로 자신의 편협한 개인적 관심사에만 몰두한다고 믿었다.

블룸은 또한 집단과 공동체에 대한 충성심의 약화, 교회·국가 등 기관에 대한 믿음의 상실, 가족의 쇠퇴 등을 개탄했다.[46] 그리고 젊은이들의 삶에서 음악, 특히 록이 중심이 되는 현상을 부정적으로 봤다. 그가 보기에 워크맨은 사람들을 끊임없이 유혹하는 여러 도구 중 하나로, 더 도전적이고 궁극적으로 더 만족스러운 일로부터 주의를 분산시켰다. 그는 이렇게 썼다. "음악은 하루 24시간 어디서나 들을 수 있습니다. 집과 차 안에는 스테레오가 있고, 콘서트가 있고, 뮤직비디오가 있고, 워크맨이 있기 때문에 어떤 장소에서든, 심지어 공부를 하는 도중에도 학생들이 뮤즈와 교감하는 것을 막을 수 없습니다."[47]

"열세 살 소년이 집 거실에 앉은 채 워크맨 헤드폰을 끼고 있거나 MTV를 보면서 수학숙제를 하고 있다고 상상해보시기 바랍니다." 그는 이 소년이 수 세기에 걸친 개인적 희생, 정치적 용기, 과학적 혁신의 혜택을 누리고 있다고 묘사했다. "그렇다면 이러한 진보는 어디에서 최고점을 찍고 막을 내릴까요?" 질문에 대한 블룸의 대답은 이랬다.

"상업적으로 이미 포장되어버린, 끊임없는 자위 판타지입니다."[48]

그는 불길한 결론을 내렸다. "워크맨을 착용하고 있는 한 그들은 위대한 전통이 말하는 바를 들을 수 없습니다. 그리고 장시간 사용 후 워크맨을 벗으면 그들은 귀가 먹었다는 걸 알게 될 겁니다."[49]

피트니스와 개인주의

1980년대에 특히 유행한 자기계발은 개인주의의 또다른 측면이었다. 그중 건강과 피트니스는 자기계발 트렌드의 주된 부분이었다.

일부에서는 이러한 유행의 원인을 핵폭탄 홀로

코스트의 다가오는 위협에서 찾기도 했다. 크리스토퍼 라슈가 1979년에 출간한 베스트셀러『나르시시즘 문화』에서 쓴 것처럼 재앙의 가능성이 필연인 것처럼 보였기에 이를 피하려는 노력은 무의미하게 느껴졌다. "사람들은 그 대신 나름의 생존 전략, 자신의 생명을 연장하기 위한 조치, 건강과 마음의 평화를 보장하는 프로그램 등에 몰두했다."[50]

이 모든 건강이 공짜로 주어지지는 않았다. 1981년 1300만 명의 미국인이 헬스클럽에 가입했고, 1987년에는 1730만 명으로 증가했다.[51] 사람들은 에어로빅 비디오(1982년 배우 제인 폰다가 에어로빅 비디오를 첫 출시했다)와 라이크라, 스판덱스, 고어텍스 같은 소재로 만든 옷을 구매했다. 또 운동을 더 잘 견디기 위해 퍼스널 스테레오를 구입했다. 퍼스널 스테레오를 사용해 음악이나 오디오북을 들으면 긴장과 경련이 줄었다. 어떤 경우에는 아예 워크맨 사용을 전제하는 폰다의 〈피트니스 워크아웃〉 등 운동하면서 들을 수 있는 테이프가 판매되기도 했다. 1983년 〈보그〉는 다

〈여피 핸드북: 도시에 사는 젊은 전문가들을 위한 최첨단 매뉴얼〉의
표지. 마리사 파이스먼과 마릴리 하틀리 작품.
© 포켓북스, 1984.

음과 같은 기사를 썼다. "표범 무늬 레오타드, 컴퓨터가 탑재된 운동용 자전거 (…) 노란색 방수 소니 '워크맨', 검은색에 주황색 바퀴가 달린 6륜 롤러스케이트의 공통점은 무엇일까? 쉽다. 바로 오늘날 폭발적인 피트니스 열풍의 일부라는 점이다."[52]

대중문화에서 여피족은 종종 워크맨 애호가로 묘사되었다. 1984년에 발간된 〈여피 핸드북〉의 표지에는 파란색 랄프로렌 정장과 운동화, 워크맨을 착용한 금발 여성이 그려져 있었다. 1984년을 '여피의 해'로 선포한 〈뉴스위크〉는 비슷한 유니폼을 입은 여성이 등장하는 개리 트뤼도의 만화를 표지에 실었다. 〈워싱턴 포스트〉의 한 칼럼니스트는 이 인구통계학적 특성을 향해 조롱 섞인 글을 썼다. "러닝화 페티시가 유발하는 섬뜩한 재정 낭비부터 퐁달렙시*가 불러오는 굴욕

* 원주: 녹음된 음악에 의해 유발되는 격렬한 유산소 발작. 시몬스 마비(Simmons' Palsy) 또는 성 제인의 춤(St. Jane's Dance)이라고도 부른다.

감, 거의 전염병에 가까운 청각 폐색(이른바 워크맨 망각증)까지, 이제 우리는 중산층의 가장 심각한 행동기능장애를 파악하고 치료할 수 있다."[53]

워크맨은 10대들의 수동성과 절제력 부족을 상징하게 됐지만 활동적인 성인들에게는 정반대의 목적, 즉 효율성과 생산성을 위한 도구로 사용되었다. 워크맨은 15킬로미터 조깅을 시작하기 위해 디페시 모드의 음악을 틀거나 출퇴근 중 교양을 쌓기 위해 테이프로 책을 듣는 사람들에게 없어서는 안 될 필수 액세서리였다. 하지만 이 두 유형의 스테레오타입에는 공통적인 테마가 있었다. 바로 비정치적인 개인주의였다.

어떤 이들은 워크맨을 자본주의의 폐해를 상징하는 것으로 보았지만 다른 이들은 자본주의의 영광으로 여기면서 그것을 탐냈다. 워크맨은 서구의 번영, '자유세계'의 물질적 풍요로움의 상징으로 간주되었다. 1980년대 중반 미국 경제가 활기를 띠면서 미국인들은 더욱 다양한 소비재를 즐겼다.

1980년부터 1988년까지 〈컨슈머 리포트〉에서 리뷰한 자동차 모델의 개수가 50퍼센트나 증가했다. 1980년대 초반에는 사치품이었던 VCR과 컴퓨터의 가격이 하락하면서 가정의 필수품으로 자리잡았다. 1984년에는 많은 슈퍼마켓이 빵집, 델리, 약국 등을 입점하여 10년 전보다 두 배나 많은 상품을 제공했다. 바나나리퍼블릭, 빅토리아시크릿 등 지금은 익숙한 체인점이 1980년대 내내 전국으로 확산되었다.[54]

한편 철의 장막 반대편에 있는 시민들은 긴 줄과 반쯤 비어 있는 진열대를 마주해야 했다. 소련에서 구할 수 있는 제품들은 깨진 냄비, 깨진 신발,

못생긴 장신구, 대칭이 안 맞는 의류 등 탐낼 만한 물건이 아니었다. 갑자기 폭발하곤 하는 TV는 화재의 주요 원인으로 꼽혔다. "소련은 최고의 마이크로컴퓨터를 만든다! 그런데 전 세계에서 가장 큰 컴퓨터다!"[55]라는 오래된 소련 농담도 있었다. 1984년 소련의 국민총생산은 미국 GNP의 52퍼센트, 1인당 소비자 지출은 미국의 약 3분의 1 수준이었다.[56]

워크맨은 서구 삶의 전형적인 편의시설 중 하나로 자주 언급되었다. 〈워싱턴 포스트〉 기사에 따르면 캘리포니아에 거주하는 한 소련 탈출자는 "서구의 대중적인 유혹에 굴복했다. 워크맨 스테레오 세트와 운동용 자전거를 가지고 있다"고 말했다.[57] 1984년 로스앤젤레스 올림픽 기간에 소련에서는 극심한 스모그 때문에 LA 사람들이 방독면을 쓰고 있다는 루머가 돌았다고 한다. 한 칼럼니스트는 이렇게 농담을 던졌다. "스모그가 짜증나긴 하죠. 그런데 소련 기자들이 본 건 방독면이 아니라 '워크맨'이라는 장난감이었을 거예요."[58]

1989년 베를린장벽이 무너지면서 동독 방문객들은 서독 상점에서 쇼핑을 할 수 있었다. 그들이 열광했던 소비재 중 하나가 바로 퍼스널 스테레오였다. 한 경제신문은 이렇게 보도했다. "스톤워싱 청바지를 입은 동독인들이 화장품, 워크맨, 밀키웨이, 마스 초콜릿바를 사러 계속 국경마을 상점에 습격하듯이 들어오고 있다."[59]

진주만을 기억하라

워크맨은 미국에서 가장 눈에 띄는 일본 수입품 중 하나였다. 따라서 다른 제품들과 함께, 신흥 경제강국에 비해 미국이 뒤떨어질지 모른다는 불안

143

감을 불러왔다.

1945년 히로시마와 나가사키에 원자폭탄이 떨어졌을 때 소니의 공동 창립자 아키오 모리타는 파괴에 대한 공포와 함께 미국의 과학적 성취에 경외감을 느꼈다.[60] 야심차고 애국심 강한 많은 동포들과 함께 그는 언제나 미국과의 경쟁을 열망했다.

전쟁 전 일본은 첨단기술이나 고품질 상품으로 유명한 적이 없었다. 모리타가 자서전에서 회고했듯이 값싼 장신구와 종이우산이 당시 일본을 대표하는 상품이었다. 1950년대까지만 해도 미국인들은 일본산 수입품을 '일본 쓰레기'라고 부를 정도로 무시했다[61](전쟁으로 인한 적대감이 반영되었을 수도 있다). 소니는 제품을 수출하기 시작하면서 국제 규정에 따른 '일본산' 표기를 눈에 띄지 않게 만들려고 애썼다. 미국 세관이 소니에 '일본산' 표기를 더 크게 하라고 지시한 적도 있었다.[62]

하지만 전후 소니와 다른 일본 기업들이 번성하면서 그 명성은 극적으로 바뀌었다. 그 후 수십 년 동안 일본은 '경제 기적'을 경험하면서 미국에 이어 세계에서 두번째로 큰 경제 대국으로 올라섰고, 자동차 및 가전제품의 세계적인 지배자이자 공급국으로 거듭났다.[63] 어느덧 너무 많이 쓰여서 진부해졌지만 다음 같은 표현도 있었다. "현대의 립 밴 윙클*이 1944년에 잠들었다가 1980년대에 깨어난다면 일본이 전쟁에서 승리했다고 생각할 것"이라는 말이었다.

미국인들은 일본의 업적에 경탄하면서 이를 배우려고 노력했다. 예를 들어 『일본식 경영 기술』

* 작가 워싱턴 어빙이 1819년 발표한 단편소설 제목. 주인공 립 밴 윙클은 미국이 영국의 식민지였을 당시 술을 마시고 잠이 든다. 잠에서 깨어보니 20년이 지나 세상이 완전히 달라져 있었다.

(1981) 같은 책은 일본의 성공과 그들이 제 성공을 어떻게 미국의 기업가들에게 팔았는지를 밝히려는 시도였다. 거기에는 협업을 강조하는 것부터 미묘하게 모호한 의사소통 방법까지 다양한 설명이 적혀 있었다. 스테레오타입도 만연했다. 일본인은 선천적으로 화목하고 근면하다는 것이다.[64]

물론 이러한 일반화 가운데 일부는 일본인들이 조장한 것이었다. 모리타는 비즈니스에 대한 일본식 접근법을 옹호하고 미국식 경영을 자주 비판했다. 1982년 8월 〈플레이보이〉와의 인터뷰에서 모리타는 이렇게 말했다. "일본에서는 회사를 가족으로 생각해요. 노동자와 경영진은 같은 배를 타고 있는 거죠. 조직에서 조화는 가장 중요한 요소

퍼스널 스테레오

예요. 운명을 공유하는 단체죠."[65]

일본은 이제 〈슈퍼마리오 브라더스〉와 〈젤다의 전설〉을 탄생시킨 비디오게임 회사 닌텐도를 비롯해 도요타·혼다·닛산 같은 주요 자동차 제조업체, 소니 외에 파나소닉·도시바·야마하·캐논을 필두로 하는 가전제품 회사의 본고장이었다. 일본 기업들은 디테일에 세심하게 주의하는 점과 타의 추종을 불허하는 품질로 유명해졌다. 같은 인터뷰에서 모리타는 소니가 샌디에이고에 공장을 세웠을 때를 이렇게 회상했다. "미국 딜러들이 텔레비전 세트에 문제가 생길까 두려워하더라고요! 일본 현지에서 만든 TV만큼 좋을지 걱정했던 거죠."[66]

이러한 감탄은 불안 및 분노와 공존했다. 일부 미국인들은 전후 일본의 부흥이 일정 부분 미국의 책임하에 이뤄진 거라고 생각했다. 점령 기간에 미국은 의회민주주의 국가로서 일본의 성공적인 재건을 감독했다.

1985년까지 미국의 대일무역 적자는 460억 달러를 넘어섰다.[67] 이러한 불균형은 일부 일본의 다소 보호주의적인 정책 때문이었으나 어느 정도는 일본 제품의 품질 때문이었다. 그러나 후자의 요인조차 일부 미국인들에게 반감을 불러왔다. 일본 제품이 진정한 혁신이 아닌 미국의 아이디어를 도용해서 완성한 것이라고 믿었던 까닭이다.

1987년까지 무역 적자는 560억 달러에 달했다.[68] 미국 소비자들은 "미국 제품을 구입하자"는 호소에도 불구하고 카메라, 자동차, VCR, 사운드 시스템 등 일본 제품을 계속해서 탐욕스럽게 사들였다. 두 동맹국 사이에 긴장이 고조되면서 무역전쟁이 일어날 거라는 예측과 함께 오래된 적대감이 되살아났다. 디트로이트에서는 "진주만을 기억하라"는 범퍼 스티커가 등장하기 시작했다.[69] 한편 대부분이 일본산이었던 퍼스널 스테레오는 그 어느 때보다 널리 보급된 상태였다.

은유적인 의미에서 당시 워크맨은 초과 근무를 했다. 이제 참신한 감각으로서가 아니라 생활에 이 기기가 완전히 통합되어 정기적으로 사용하는 사람들의 실제 경험은 어땠을까? 헤드폰 속에서는 어떤 느낌이었을까?

영국 서섹스대학교의 음향학 교수인 마이클 불은 이 질문에 답하기 위한 실증연구의 선구자였다. 그는 약 40명의 영국 젊은이를 인터뷰했는데 이들 중 일부는 워크맨 없이 공공장소에 나가는 일이 거의 없었다. (한 사람은 "심박조율기처럼 항상 착용하고 다녀요! 생명유지장치죠!"라고 말했다.[70]) 불은 피험자들이 기분을 전환하거나 어색한 잡담을 피하는 등 다양한 목적으로 퍼스널 스테레오를 사용한다는 사실을 발견했다. 그러나 공통된 주제가 하나 있었다. 바로 "일상생활 관리"였다.[71]

일부 응답자는 특히 아침 출근길에 퍼스널 스테레오를 들으면서 활력을 얻는다고 답했다. 워크맨을 들으면 차분하고 편안해진다는 응답도 많았다.

로비나라는 피험자는 이렇게 강조했다. "제가 느끼는 모든 고통이나 스트레스를 무감각하게 만들어줘요. 그냥 나를 잊게 해주죠."[72] 이를 통해 우리는 워크맨이 마약으로 비유되었다는 점, 즉 사람, 환경, 어떤 음악을 선택하느냐에 따라 각성제나 아편 역할을 할 수 있다는 점을 다시 한번 떠올릴 수 있다. (음악 선택을 예로 들면 쇼팽은 데프 레파드와 같은 효과를 발휘하지 못했다.)

일부는 워크맨을 주변환경을 길들이는 수단으로 사용한다고 설명했다. 제이라는 피험자는 워크맨을 거의 안전 담요처럼 사용한다고 강조한다. "나만의 세계를 갖고 싶어요. 친숙하고 안전한 세계. 어떤 의미에서는 어렸을 때의 엄마아빠 같은 거죠."[73] 일부 응답자는 반대되는 목적으로 워크

퍼스널 스테레오

맨을 사용했다. 그들은 워크맨으로 출퇴근 같은 익숙한 환경을 더 흥미롭게 만들었다.

워크맨은 낯선 사람들 사이에서든 밤에 침대에 혼자 있을 때든 동행자가 되어줬다. 불의 피험자 중 한 명은 "마치 그 가수와 '함께' 있는 것처럼 자신감이 생겼어요"라고 묘사했다.[74] 즉 문자 그대로의 연결이 없더라도 소리는 잔잔한 위로를 전하거나 외로움으로부터 벗어날 수 있게 해줬다.

마지막으로 피험자들은 퍼스널 스테레오를 통해 좋은 기억을 생생하게 떠올렸다고 고백했다. 실험 결과를 보면 결국 음악은 후각이 그런 것처럼 프루스트가 정의한 비자발적 기억을 촉발하는 힘을 지니고 있다. 그것은 자발적인 지성의 기억보다 본능적이고 감정적이며 훨씬 더 강력하다. 버튼만 누르면 청취자는 최근의 파티를 재현하거나 어린 시절의 느낌을 소환할 수 있다. 다른 사운드 시스템도 동일한 용도로 사용할 수 있지만 퍼스널 스테레오의 친밀함이 특히 사용자의 과거 회상에 도움을 줬다.

연구를 통해 불은 워크맨에 대해 다소 놀라운

결론을 도출했다. "워크맨은 개인이 일상에서 얻을 수 없는 수준의 만족감을 불어넣는다."[75]

워크맨 경험담의 상당 부분은 비평가들이 제기한 우려와 전혀 일치하지 않았다. 때때로 일상을 관리한다는 것은 다른 사람들을 현실에서 편집해 현실을 자기 취향에 맞추려는 시도를 의미했다. 해변에서 워크맨을 들으면서 걷던 한 피험자는 이렇게 말했다. "나에겐 따스함이 있지만 주위의 모든 쓰레기를 다 품을 수는 없어요. 그런 것들을 제거하면 바다로부터 더 많은 것을 얻을 수 있죠. 예를 들면 비명을 지르는 아이들 때문에 방해받지 않을 수 있죠. 그런 비명을 듣자고 제가 바다에 간 게 아니에요. 바다와 태양과 조화를 이루기 위해 간 거죠."[76]

몇몇 피험자들은 어느 정도는 원치 않는 상호작용을 피하기 위해 헤드폰을 착용한다고 답했다. 흥미롭게도 남성보다 여성이 이러한 동기를 언급하는 경우가 더 많았다. 이는 여성이 남성의 접근을 피하고 싶어했음을 시사한다.[77] 이 이론은 한 심리학 연구가 여성이 주의를 기울이지 않으면 남성이 그녀를 괴롭히지 않는다는 사실을 밝히면서 지지를 얻었다. 이 연구의 인터뷰 대상자들 중 한 명은 길거리에서 이어폰을 착용하기 시작한 이후 남자들이 자신을 부르는 일이 없어졌다고 말했다.[78]

듣고 즐기는 단위

워크맨이 때로는 부수적인 부작용으로서 때로는 주된 목적으로서 청취자와 주변을 분리한 것은 분명한 사실이다. 이게 반드시 나쁜 것일까? 어떤 사람들은 워크맨 청취를 불안할 정도로 반사회적인 행동으로 간주했지만 다른 사람들은 그것을 무해

한 고독, 소중한 자율성으로 인식했다.

음악에 대한 훌륭한 명상록인 에번 아이젠버그의 저서 『리코딩 천사』에서 저자는 클래식 교육을 받은 피아니스트 친구 니나의 말을 인용한다. 먼저 니나는 워크맨을 계속 들으면 어떤 영향을 받을지 걱정했다고 말한다. 하지만 그녀의 치료사는 사회적 에티켓의 제약 대신 음악의 즐거움에 집중하는 게 더 건강하다고 주장하면서 그녀를 안심시켰다. "길을 걷거나 기차나 버스를 타면서 음악을 통해 즐거운 시간을 보내고 있다면 당신은 신발에 흠집이 났는지 버스 기사에게 예의를 지키고 있는지 옆사람과 부딪히지는 않았는지 걱정할 필요가 없어요. 그저 즐겁게 여행하면 돼요." 니나에게 이 말은 긍정적인 의미로 들렸다. "잠시 동안 사회적 단위가 되기를 거부하는 방법이에요. 그래서 음악을 듣고 즐기는 또다른 종류의 단위가 되는 거죠. 자신만의 생각에 빠져보고, 자신만의 감정을 발견하는 그런 단위 말이에요."[79]

특히 집에서나 가족과 함께 차 안에서 워크맨을 자주 듣는 청소년들에게는 자율성이라는 약속이 매력적으로 다가왔다. 무례해 보였을 수도 있고, 실제 그랬을 수도 있지만 헤드폰 안에서 청소년들은 자유를 느꼈다. 1980년대에 코네티컷에서 자란 내 친구 로즈는 이렇게 회상했다. "언니가 7학년 때 차 안에서 워크맨을 듣기 시작했어. 우리 모두가 음악을 들을 수 있는 자동차의 테이프 데크를 사용하는 대신에 언니는 뱅글스의 테이프를 혼자서 들었지. 언니가 사용하지 않을 때 워크맨을 훔쳐서 테이프를 들었던 기억이 나. '복도에 서 있는데 고난이 닥쳐오네'라는 가사가 내 귀에 정말 어른스럽게 들렸어. 초등학교 4학년이었으니까. 그리고 곤경에 처해도 개의치 않고, 더 나아가 반항하고 싶어하는 사람들이 있다는 걸 처음으로 깨달았지."[80]

비슷한 시기 뉴저지에서 자란 또다른 친구에게 워크맨은 더 넓은 세상으로 통하는 문이 되어줬다. 그녀의 부모님은 클래식과 오페라 애호가였고, 그녀 역시 클래식 음악을 좋아했다. 그러다 팝 음악을 발견했다.

가정용 스테레오로 클래식이 아닌 음악을 들으려고 하면 금방 아버지가 나타났어. 표정은 당황한 듯했고. 아버지는 "앰프로 증폭한 음악"의 열등함에 대해 몇 번이나 훈계를 했지. 어색한 침묵이 흘렀고, 나를 옥죄는 느낌이 들더라고. 그러던 중에 워크맨이 등장한 거야. 난 사랑스러운 워크맨 덕분에 부모님의 기분을 거스르지 않고 모든 종류의 음악을 탐색할 수 있었어. 고등학교 내내 워크맨과 함께 시간을 보냈지. 숙제를 하고, 버스를 타고, 워크맨으로 음악의 세계를 탐험하다 잠들었고. 혼자서 음악을 탐색할 수 있는 자유 덕분에 다양한 음악 스타일에 대해 배울 수 있었어. 내 내면 세계가 더 풍요로워지기도 했고. 워크맨은 나에게 새로운 세계를 열어줬고, 내 내면 세계를 향상시킬 사적 자유를 주었어.[81]

워크맨은 규칙을 깨는 도구였다. 1985년 개봉한 상징적인 영화 〈백투더퓨처〉에서 17세의 마티 맥플라이는 스케이트보드를 타고 학교에 가는 도중에 속도를 내기 위해 여러 대의 차량 뒷부분을 붙잡는다. 그는 헤드폰을 착용하고 있고, 관객들은 휴이 루이스 앤 더 뉴스의 노래 〈파워 오브 러브〉가 흘러나오는 소리를 듣는다. 이 장면에서 워크맨은 캐릭터의 젊음에 대한 자신감과 타인의 평가에 대한 무관심을 대변하는 것처럼 보인다. 또한 워크맨이 그의 모험을 더욱 짜릿하게 만들고, 모험을 감행할 수 있는 배짱과 에너지를 발휘하는 데 도움이 되었음을 알 수 있다.

영화 〈백투더퓨처〉. 로버트 저메키스 감독,
앰블린엔터테인먼트, 1985년.

퍼스널 스테레오

워크맨을 둘러싼 비난과 우려에 대해 살펴보면서 나는 놀라운 점을 깨달았다. 바로 워크맨이 적어도 나에겐 언제나 상냥한 존재였다는 것이다. 워크맨은 기쁨과 위안의 원천이었다. 피아노 레슨을 마치고 집으로 돌아오는 길에 레드 핫 칠리 페퍼스의 유쾌하면서도 선정적인 앨범 〈블러드 슈거 섹스 매직〉을 플레이하면 앤서니 키디스가 여성 경찰에게 제지당한 이야기 부분을 따라 부르고 싶은 압도적인 충동을 느꼈다. 결국 나는 그 충동에 굴복했다. 프랑스에서 여름 한 달을 외롭게 보내던 열여섯 살 시절에 나는 시골의 한 가정에서 홈스테이를 하고 있었다. 내 또래의 소녀는 냉담했고, 나는 수줍음이 많아서 프랑스어로 말을 걸지 못했다. 밤이면 나는 방에 웅크린 채 헤드폰을 끼고 밥 딜런의 〈디자이어〉 앨범을 복사한 테이프를 들으면서 고향을 생각했다.

비엔나에 있는 워크맨 기념비.
© 소니.

퍼스널 스테레오

매너 있는 사람이라면 뭐라고 말할까요?

1989년 7월 워크맨은 열번째 생일을 맞이했다. 이
날을 기념하기 위해 뉴욕의 하드록 카페에서는 갈
라쇼를 개최하고 오리지널 제품들 중 하나를 전시
했다.[82] 소니 오스트리아는 비엔나에 있는 한 공
원에 기념비를 세웠다. 기념비는 헤드폰을 착용한
채 움직이는 등신대의 사람과 그 바로 옆에 놓인
거대한 워크맨 조각상으로 이뤄졌다.

소니는 은도금한 워크맨 200개를 기념품으로
만들었고,[83] 티파니와 협력해 수작업으로 한정
에디션을 제작했다. 음악 전문지 〈롤링 스톤〉의
편집자 얀 웨너 같은 유명인사에게 증정하기 위한
것이었다.[84]

1990년대에는 퍼스널 스테레오가 대세가 됐
다. 걸프전 당시 미군은 일본에 공식적인 전쟁 지
원의 일환으로 4만 대의 워크맨을 군대에 기증해
달라고 요청했다. (일본 정부는 주저하면서도 일본
민간기업이 참여한다면 반대하지 않겠다는 입장을
밝혔다. 약 2만 대의 의무를 이행한 이 기업들이 어디인지는 알 수 없다. 전쟁 관련 논란을 우려해 익명을 요구했기 때문이다.[85]) 1992년 아키오 모리타는 엘리자베스 2세 여왕으로부터 명예기사 작위를 받았고 이후 종종 '소니 워크맨 경'으로 불렸다.

이제 사람들은 워크맨과 그것이 사회적 통념을 변화시키는 방식에 익숙해졌다. 그러면서 워크맨이 가져올 미래에 대해 추측하기 시작했다. 예를 들어 1984년 초 현재와 놀라울 정도로 닮은 예측이 나왔다. 〈워싱턴 포스트〉의 칼럼니스트 마이클 슈리지는 "개인 커뮤니케이션 기술이 매너, 스타일, 패션 같은 일상적인 것들을 근본적으로 재정의할 것"이라고 예측하면서 당시에는 터무니없어 보였던 장면을 그렸다. "많은 사람들, 즉 미디어 엘리트들이 휴대전화를 들고 다닐 겁니다.

퍼스널 스테레오

즉 미래의 언젠가 모래사장을 산책하는 커플, 길거리에서 마주치는 친구들, 비즈니스 파트너와 오찬 미팅을 하는 사람들 모두 벨소리나 윙윙대는 소리, 삐 소리 때문에 하던 행동을 중단해야 할 겁니다. 그렇다면 그 상황에서 발휘할 수 있는 에티켓은 뭘까요? '실례지만 이 전화를 받아야 할 것 같은데요?' 이렇게 말하는 건 실제 그 자리에 있는 사람보다 전화를 건 사람이 그 누구든 더 중요하다는 암묵적인 표현입니다. 만약 매너 있는 사람이라면 뭐라고 말할까요?"

마이클 슈리지는 이렇게 결론지었다. "새로운 개인 미디어 기술은 우리가 현재 누구와 함께 있는지나 어디로 향해 가는지에 대해 신경쓰지 않도록, 주변과 분리되도록 해줄 겁니다."[86]

슈리지의 글은 당시 그 글을 읽은 사람들에게 웃길 정도로 과장된, 어쩌면 믿을 수 없는 디스토피아적 미래의 비전처럼 들렸을지도 모른다.

3. 노스탤지어

2015년 개봉한 영화 〈스티브 잡스〉의 끝부분에는 스티브 잡스가 10대 딸 리사에게 훈계하는 장면이 등장한다. 때는 1998년, 리사는 검은색 워크맨을 손에 들고 있다. 잡스는 딸에게 이렇게 말한다. "더이상 워크맨을 보고 있을 수가 없구나. 납득이 안 가. 우린 야만인이 아니야."

그는 주머니에 천 곡을 넣고 다닐 수 있는 새로운 휴대용 음악기기를 만들겠다고 뽐내듯이 딸에게 말한다. "그게 가능해요?" 딸은 잡스에게 회의적인 투로 되묻는다.

잡스에 대한 영화 속 묘사가 시사하는 바가 있다면, 그는 그렇게 할 수 있었다. 정확히 말하면 그의 학대받던 직원들이. 워크맨이 마치 뼈로 만든

피리보다 조금 더 나을 뿐인 원시적인 악기라는 양 언급하는 그의 모습은 지난 20년 동안 세상이 얼마나 많이 변했는지를 보여준다. 그리고 몇 년이 지나 잡스가 딸에게 약속한 이 신제품은 세상을 더욱 변화시켰다.

음악은 자유로워지길 원한다

밀레니엄 시대에 접어들면서 따뜻한 느낌의 카세트는 컴팩트디스크의 디지털 포맷이 등장하고 MP3가 나오면서 다소 골동품처럼 보이기 시작했다. 서치텀스닷컴Searchterms.com에 따르면 1999년 'MP3' 관련 검색이 '섹스'에 이어 두번째로 많았다.[1] 일부 대학 캠퍼스에서는 P2P 파일 공유 서비스인 냅스터가 전체 인터넷 트래픽의 최대 60퍼센트를 차지하면서 네트워크가 막히기도 했다.[2]

영국의 작가 톰 라몬트는 훗날 음악 소비의 갑작스러운 '지진' 같은 변화를 이렇게 회상했다. "음악은 영국의 레코드 가게 체인인 아워프라이스의 통로에서 친구들과 오랜 토론 끝에 구입하는 물건이었는데 갑자기 집에서 들을 수 있게 된 거죠. 가장 놀라운 건 비용이 전혀 들지 않는다는 거였어요."[3]

테이핑에 대한 음악 업계의 우려는 MP3에 와선 완전한 공황으로 나타났다. 1999년에 미국 레코딩산업협회RIAA는 냅스터를 고소했다. 2000년에는 메탈리카와 닥터드레도 고소에 참여했다. 메탈리카의 드러머 라스 울리히는 이렇게 말했다. "우리의 예술이 예술 아닌 상품처럼 거래되고 있다는 사실이 역겨워요."[4] 소송으로 인해 결국 냅스터는 네트워크를 폐쇄하고 파산을 선언했다. RIAA는 P2P 파일 공유를 이유로 어린아이부터 할머니에 이르기까지 수천 명의 개인을 계속해서 고소했다. 조금의 과장도 없이 말하자면 이러한 전략은 홈테이핑 반대 캠페인으로 촉발된 업계와 팬들 간의 적대적인 역학관계를 회복하는 데 전혀 도움이 안 됐다.

바이닐이 카세트에 이어 CD로 바뀌었을 때 음질 변화는 미묘했던 반면 청취를 위한 장비에는 큰 변화가 있었다. 하지만 이때까지만 해도 몇 가지 기본적인 기능은 리코딩된 음악의 등장 이래 안정적으로 유지되어왔다. 언제나 음악은 만지고, 소유하고, 수집하고, 판매할 수 있는 물건이자 상품이었다.

하지만 MP3는 이러한 원칙을 뒤엎었다. 음악은 더이상 물건처럼 느껴지지 않았다. 라스 울리히에겐 미안하지만 음악은 상품이라기보다 공개적으로 이용 가능한 자원처럼 보이기 시작했다. 이러한 개념은 1990년대에 만연했던 초기의 유토피아적 인터넷 정신에 부합했다. "정보는 자유로워지길 원한다." 스튜어트 브랜드가 히피의 바이블인 〈지구 백과Whole Earth Catalog〉에서 언급한 이 유명한 말은 포르노에서 요리법, 음악에 이르기까지 모든 영역에서 진실로 간주되었다.

사실 MP3는 우리가 생각하는 것보다 더 물질적이다. 미디어 이론가인 조너선 스턴이 지적했듯이 MP3는 감지할 수는 없지만 엄연히 하드 드라이브의 공간을 차지한다.[5] 그리고 MP3를 다운로드하려면 컴퓨터와 초고속 인터넷망이 필요했다. 따라서 완전히 무료인 것은 아니었다. 그럼에도 이전 것들과는 다르게 MP3는 소유물처럼 느껴지지는 않았다.

10대 시절 나는 나무 선반 위에 테이프와 CD를 엄선해서 모아둔 소박한 컬렉션을 살펴보는 버릇이 있었다. 나는 손가락으로 P. J. 하비와 소닉유스 앨범의 플라스틱 케이스를 훑으면서 내 취향의 증거를 향해 감탄을 보내곤 했다. 갖고 싶은 앨범 목

록을 만들고, 돈을 충분히 모은 뒤 마침내 앨범을
구입하는 짜릿함도 느꼈다. MP3는 소유에 대한
자부심과 욕망의 강렬함, 성취감을 느끼기 어렵게
만들었다. 호감 있는 상대에게 MP3 컬렉션을 무
심한 듯 보여줄 수도 없었다.

아이팟이 등장하다

MP3는 물건에 대한 예민한 집착을 불러일으키진
않으나, 곧 다른 무언가가 그 역할을 대신했다. 바
로 MP3 재생용 기기였다.

1999년까지 몇몇 휴대용 MP3 플레이어가 시장
에 출시되었지만 투박하고 용량이 매우 제한적이

었다. 어떤 것은 24곡밖에 담지 못했다.[6] 2001년 10월 애플이 아이팟을 출시했을 때 이 제품은 이전 그 어떤 MP3 플레이어보다 월등히 뛰어났다. 출시 당시 잡스는 청바지 주머니에서 아이팟을 꺼내는 것으로 프레젠테이션을 마무리했다. 그는 감탄하듯 말했다. "이 놀라운 작은 기기에 수천 곡의 노래가 담겨 있는데 주머니에 쏙 들어갑니다."[7]

1세대 아이팟의 무게는 180그램이었고 가격은 399달러였다. 흰색 폴리카보네이트와 스테인리스 스틸로 된 표면에는 아티스트, 노래, 앨범을 빠르게 스캔할 수 있는 아이팟의 트레이드마크, 스크롤휠이 있었다. (적어도 당시 기준에서) 아이팟은 슬림하고 매끈했다. 애플 특유의 미니멀리스트 디자인이었다. 곧이어 더 작은 버전인 '미니'(2004)가 실버·골드·핑크·블루·그린 컬러로 등장했고, 더 작은 크기의 '나노'가 2005년 출시되었다.

당시 아이팟과 워크맨의 차이는 현저했다. 가장 큰 차이는 이제 여행에 가져갈 수 있는 음악의 양이 엄청나게 많아졌다는 것이었다. 사용자는 서너 장의 앨범이 아닌 전체 음악 컬렉션을 갖고 다닐 수 있었다. 이를 통해 기분과 변덕에 따라 나만의 사운드트랙을 얼마든지 맞춤 설정할 수 있었는데 이것이 바로 이 새로운 퍼스널 스테레오가 훨씬 더 중독적인 이유였다. 샤데이의 음악을 듣고 싶어하면서 펄잼을 들어야 하는 일이 없어졌다.

또한 그저 앨범 채우는 용도로 수록된 곡을 억지로 들을 필요가 없어졌다. 물론 워크맨에도 빨리 감기 버튼이 있었지만 어느새 그 이름은 비참할 만큼 잘못된 것처럼 보였다. 워크맨의 경우, 다음 곡으로 넘어가려면 'FF'를 누르고 기다렸다가 '정지'를 누른 다음 빨리 감기를 다시 시작하거나 목표를 초과한 경우 되감기 등의 과정을 거쳐야 했다.[8] 마치 등을 긁고 싶은 사람이 긁어주는 사람에게 가려운 데가 어딘지 알려주는 것과 비슷했다. "조금만 위로. 아니, 조금만 아래로." 아이팟이 등장하면서 이런 불편함은 사라졌다. (CD는 이미 이 기능을 도입한 상태였지만 나를 포함한 많은 사람들이 워크맨에서 디스크맨으로 바꾸지 않았다. 디스크맨은 CD와 마찬가지로 휴대하기에는 너무 크고 번거로웠다. 너무 격하게 움직이면 CD가 곡을 건너뛰는 짜증나는 문제도 있었다.[9]) 그 결과, 새로운 문화적 불안이 만들어졌다. 기술 저널리스트 스티븐 레비는 이 문화적 불안을 다음처럼 표현했다. "아이팟 세대는 손가락으로 아이팟의 상징적인 전면 패널 휠을 돌리는 것처럼 아이디어와 이념을 용이하게 훑어보고 선택해야 한다는 사고방식에 사로잡혀 있었다."[10]

한마디로 아이팟은 당대의 워크맨이었다. 둘 사이의 차이점과 유사점 역시 분명했다. 아이팟 출시 당시 비디오에 등장한 뮤지션 씰은 레비의 말을 빌리자면 "마치 애완용 쥐를 키우는 것처럼 아이팟을 애지중지했다". 씰 본인은 이렇게 말했다. "처음 워크맨을 받았을 때의 기분이 어땠는지 기억해요? 그 느낌을 아나요?" 그는 아이팟이 자신에게 그때와 동일한 감정을 느끼게 해준 최초의 MP3 플레이어라고 말했다. "모두가 이것들 중 하나를 갖고 싶어하죠."[11]

소니에 무슨 일이?

휴대용 MP3플레이어의 선구자는 당연히 소니여야 했다. 실제로 아키오 모리타는 1980년대에 기본 아이디어를 구상하기도 했다.[12] 하지만 밀레니엄이 끝날 무렵 소니는 어려움을 겪고 있었다.

수십 년간 경제 강국으로 군림했던 일본도 분투해야 했다. 1990년대 초 거대한 부동산 및 주식 시장 거품이 터지면서 경제 위기가 발생했고, '잃어버린 10년'이라는 침체기와 함께 일본은 세계무대의 중심에서 서서히 퇴장하기 시작했다. 하지만 소니의 문제는 자국 사정 때문만은 아니었다.

모리타와 이부카는 40여 년 동안 따뜻하게 공생하는 전설적인 관계를 유지했다. 두 사람은 사무실 바닥에 앉아 시제품을 보면서 함께 놀기도 했다.[13] 심지어 둘만의 공용어 같은 것도 있었다. 모리타의 큰아들은 집 주방에서 두 사람의 대화를 우연히 엿들었던 기억을 이렇게 회상했다. "두 분이 앉은 채로 이야기하고 있었는데 듣고는 있어도 무슨 말을 하는지 알 수가 없었어요."[14] 1990년대 초에 두 사람은 모두 뇌졸중을 겪으면서 말을 할 수 없는 상태가 됐다.[15] 이부카의 아들에 따르면 "조용히 손을 잡고 뺨에 눈물을 흘리면서 말없이 대화하고 계셨어요. 이게 바로 두 분이 항상 나눴던 우정이었죠."[16] 이부카는 1997년에, 모리타는 1999년에 세상을 떠났다.

그들이 떠난 후 소니는 소비자 가전 분야의 글로벌 리더로서의 지위를 상실하고 긴 하락세를 겪었다. 서로 상충하지 않는 다양한 설명이 이 쇠퇴의 원인으로 설득력 있게 지목된다. 창업자들의 비전 있는 리더십이 없으니 소니는 길을 잃어버렸다. 소니의 적응 속도는 너무 느렸다. 그들은 하드웨어에 기반한 디지털혁명을 일궈내지도 못했고, 이를 통한 소프트웨어의 우위 선점에도 실패했다.[17] 스티브 잡스가 애플을 철저한 통합 형태로 운영했던 것과 달리 소니의 팀은 과하게 서로 고립되어 있었고, 목표 전략을 공유하지도 않았다.[18]

이 마지막 문제를 더욱 악화시킨 요인은 소니의 각 부서마다 이해관계가 달랐다는 점이었다. 1987년 소니는 마이클 잭슨, 빌리 조엘, 브루스 스프링스틴 같은 대스타의 노래에 대한 권리를 가진

CBS레코드를 인수했다. 하지만 디지털 음악이 등장하면서 소니는 딜레마에 직면했다. 전자 부서는 디지털 음악 플레이어를 가장 먼저 개발하고 싶어 했지만 음반사 경영진은 앨범 판매라는 전통적인 수익 모델에 많은 투자를 하고 있었다. 그래서 그들은 디지털 전환 가속화에 뛰어들기를 주저했다. 이러한 차이를 극명하게 보여준 사례가 하나 있었다. 소니뮤직은 냅스터를 상대로 소송을 제기한 회사들 중 하나였지만 소니전자가 속한 업계 그룹은 냅스터에 대한 하급 법원의 일부 판결에 이의를 제기하는 탄원서를 제출했다.[19]

2003년 소니뮤직의 수장 앤디 랙은 소니의 CEO 이데이 노부유키를 포함한 200명의 관리자들과 회의를 하기 위해 도쿄에 도착했다. 그는 아이팟의 최신 모델을 꺼내면서 이렇게 말했다. "이게 바로 워크맨 킬러예요."[20]

2009년을 기점으로 소니는 더이상 수익을 내지 못했다. 2010년에는 (나중에 디지털플레이어라는 이름으로 부활하기는 하지만) 워크맨의 생산을 중단했다. 2011년에는 기록적인 손실을 기록했

다. 액수는 57억 달러였다.[21]

정신이상에서 정상으로,
째려보는 눈빛에서 무관심으로

아이팟은 워크맨에 비해 분명한 이점이 있으면서도 휴대용 음악의 고치라는 근본적인 경험을 동일하게 제공했다. 더 광범위한 영향력, 즉 사회적 상호작용과 공공 공간에 미치는 영향은 기본적으로 워크맨이 처음 소개되었을 때와 같았다. 하지만 이 시기에 보편화된 기기는 아이팟만이 아니었다.

기술의 역사는 곧 과거에 정신이상의 징후로 여겨지던 일들을 평범한 사람들이 하기 시작한 이야기다. 처음에 그것은 존재하지 않는 사람의 목소리를 듣는 것이었고, 그다음은 아무도 들을 수 없는 음악에 맞춰 발을 구르는 것이었다. 그리고 이후의 사람들은 혼자 길을 걸으면서 말을 하기 시작했다.

1999년까지 미국 내 휴대폰 가입자는 약 8600만 명이었고, 2004년에는 1억8200만 명이 넘었다.[22] 20년 전 워크맨이 그랬던 것처럼 휴대폰의 광범위한 보급은 공과 사의 경계선에 대한 새로운 질문을 제기하면서 에티켓에 대한 새로운 논의를 촉발했다. 식당에서 전화를 받아도 괜찮을까요? 전화를 받지 않으면 전화를 건 사람이 불쾌하지 않을까요? 낯선 사람에게 전화 통화를 밖에서 좀 하면 안 되냐고 말해도 괜찮을까요? 아니면 그 사람을 째려보는 걸 관둬야 할까요? 그런 다음 스마트폰은 이 두 가지 기능, 즉 전화기와 퍼스널 스테레오를 수많은 다른 기능들과 함께 통합했다. 워크맨이 예의범절의 젠가 탑에서 한 블록을 제거하고 휴대폰이 다른 블록을 제거했다면 스마트폰은 몇 블록을 더 제거한 꼴이었다.

워크맨과 달리 스마트폰 사용은 대부분 시각과 관련된 것이다. 따라서 사람들은 주변 환경이 아닌 화면을 응시한다. 앞서 살펴본 것처럼 청각은 보통 더욱 일반적인 경험이기 때문에 사람들은 소리를 공유하지 못할 때보다 시각을 공유하지 못할 때 덜 당황한다는 이론이 존재한다. 하지만 스마트폰은 그것이 제공하는 범위로 인해 이러한 논리에 도전한다. 예를 들어 지하철에서 신문을 읽는 동료 승객은 여전히 우리의 사회적 공간을 공유하고 있는 것처럼 보이지만 아이폰을 만지작거리는 승객은 다른 세계에 몰두하고 있는 것처럼 느껴진다.

워크맨 착용자를 비밀을 간직한 사람이라고 여겼던 것을 떠올려보라. 비밀은 사람과 사람 사이의 거리를 만든다. 워크맨을 듣는 남자를 봤을 때 당신은 그가 베토벤을 듣는 건지 퍼블릭에너미를 듣는 건지 알 수 없었다. 이제 선택의 폭이 넓어졌기에 그 효과는 더욱 증폭된다. 스마트 기기를 사용하는 남성을 바라볼 때 그는 연인에게 문자를 보내고 있을 수도 있고 엘레나 페란테를 읽고 있을 수도 있다. @realDonaldTrump를 리트윗하거나 〈캔디크러시〉를 하고 있을 수도 있다. 즉 무한한 가능성이 존재한다.

그러나 이러한 비밀이 불안함을 아무리 야기할지라도 사람들은 기꺼이 그것을 선택한다. 점점 더 많은 스마트폰 사용자가 자신의 활동을 비밀로 하지 않는다. 그들은 음악을 재생하고, 동영상을 시청하고, 헤드폰이나 이어폰도 끼지 않은 채 페이스타임으로 자유롭게 대화를 나눈다. 예전 붐박스 사용자들과는 달리 그들은 집단적으로 공유를 한다거나 공격적인 태도로 뭔가를 강요하지 않는 것처럼 느껴진다. 주변을 의식하는 것 같지도 않다. 아니면 그들이 위반하고 있는 에티켓이 벌써 구식이 되었고, 젠가 탑은 이미 무너져버렸는지도 모른다. 나 같은 괴팍한 인간들만 투덜대고 말이다.

난 카세트만 들어요

우리 중 일부는 스마트폰이 나오기 전, 특히 스마트폰의 조상이었던 소박한 퍼스널 스테레오에 대한 노스탤지어를 갖고 있다.

대부분의 사람들이 버린 후에도 나는 몇 년 동안 내 퍼스널 스테레오를 고수했다. 아이팟의 전성기 시절 나는 뉴욕과 보스턴을 오가는 차이나타운 버스를 타곤 했다. 다른 사람들이 이어폰을 귀에 끼우고 재생 목록을 스크롤할 때 흠집이 난 워

퍼스널 스테레오

크맨을 들고 다니면서 자랑스러움과 부끄러움을 반반씩 느꼈다. 하지만 나 역시 결국에는 아이팟을 구입했다. 아쉽게도 워크맨은 잃어버렸다.

비단 나만의 노스탤지어는 아니다. 워크맨을 기념하는 웹사이트도 여러 개 존재한다. 2004년 초 '휴대용 계산기'라는 웹사이트에는 다양한 브랜드의 워크맨 이미지와 퍼스널 스테레오를 전시하는 '워크맨 박물관'이 있었다. 붐박스나 오래된 계산기 같은 다른 빈티지 기술의 사진과 이야기도 전시했다. 거기에는 강령도 적혀 있었다. "우리는 1970년대와 1980년대의 전자제품 혁명으로부터 만들어진 모든 집적회로 기반 소비자 제품에 대한 개인적인 추억을 수집하고 기념합니다. 소비자 가전제품의 황금기와 관련된 여러분만의 이야기를 공유해주신다면 우리는 왜 이 시절만큼 독창성과 흥분, 그리고 무엇보다 '영혼'이 넘치는 시대가 없었는지 그 이유를 보여줄 수 있을 겁니다!"[23]

또다른 웹사이트인 '워크맨 센트럴'은 스포츠 모델 14개, 녹음 기능이 탑재된 모델 10개, 태양열 구동 모델 1개 등 포괄적인 목록과 함께 각 모델에 대한 사진 및 자세한 설명을 제공한다. FAQ 페이지에는 이렇게 적혀 있다. "이 사이트는 역사 연구 혹은 한때 소유했거나 갖고 싶었던 장비에 대한 추억을 되살리는 데 목적이 있습니다."[24]

그리고 2014년 마블코믹스의 슈퍼히어로 영화 〈가디언즈 오브 갤럭시〉가 있었다. 영화의 시작은 1988년. 한 소년이 주황색 덮개로 된 헤드폰과 파란색 소니 워크맨(오리지널 TPS-L2)으로 음악을 듣고 있다. 10CC의 〈사랑하지 않아요〉라는 노래가 들리고 관객들은 카세트에 〈최고의 믹스 1편〉이라는 딱지가 붙은 걸 볼 수 있다. 영화의 거의 첫 대사에서 소년의 할아버지는 "이 멍청한 것 좀 벗어"라고 말한다. 얼마 지나지 않아 소년의 어머니는 죽고 소년은 외계인에게 납치된다.

다음 장면은 26년 뒤다. 이제는 스타로드로 알려진 성인 피터가 같은 워크맨을 착용하고 레드본의 〈와서 사랑을 받아요〉를 따라 부르고 있다. 그는 외계의 동굴 안에서 노래에 맞춰 흥겹게 춤을 춘다. 워크맨은 그의 귀중한 소유물이다. 교도관이 헤드폰을 압수하고 피터의 헤드폰을 착용하자 그는 "그 노래는 내 거야!"라고 외친다. 그와 동료들이 간신히 탈출에 성공했을 때 피터는 워크맨을 되찾기 위해 되돌아가고 동료들은 당황한다. 조이 샐다나가 연기한 가모라가 그에게 묻는다. "왜 이걸 위해 목숨을 걸어?" 그는 어머니가 준 것이라고 설명한다. 그리고 음악을 들려주자 가모라는 그 마법에 빠져든다.

이 영화에서 워크맨은 편안함, 스릴, 매혹의 원천으로 번갈아 묘사된다. 워크맨은 여전히 기능적이면서도 가치 있는 노스탤지어를 불러일으키는 물건이다. 영화가 개봉된 후 일부 팬들은 옛 워크맨을 추억하는 것에 만족하지 않았다. TPS-L2는 이베이에서 최고 820.25달러에 판매되는 인기 상품이 되었다.[25]

영화 〈가디언즈 오브 갤럭시〉. 제임스 건 감독, 마블스튜디오, 2014년.

최근 몇 년 동안 카세트의 부활도 활발하게 이루어지고 있다. 2009년 인디록 원로인 서스턴 무어는『믹스 테이프: 카세트 문화의 예술』이라는 책을 출간했다. 그는 CBC라디오에 출연해서 이렇게 말했다. "전 카세트만 들어요."[26] 2015년 미국 최대 카세트 제조업체인 내셔널오디오컴퍼니는 천만 장이 넘는 카세트를 생산했다. 1969년 개업 이래 최고 판매량이었다. 사장 스티브 스텝은 강조했다. "아마 우리 사업을 가장 빠른 속도로 성장시킨 동력은 무엇보다 복고운동일 거예요. 손에 오디오 카세트를 쥐고 있던 시절에 대한 노스탤지어가 분명히 있다고 봐요."[27]

　　레코드, 타자기, 기차 등 일부 기술은 분명히 특정 물건을 향한 페티시를 이끌어낸다. 이 기술들은 우아하고 낭만적이다. 워크맨은 초기 컴퓨터, 비디오게임기와 함께 낭만과 오늘날 기술이 제공하는 매끈한 매력 사이에 위치한다. 중간 세대라고 할 수 있는 워크맨은 사랑스럽기보다는 거의 얼간이처럼 보이지만 그 패배자 같은 매력 덕분에 훨씬 더 친밀하게 느껴진다. 이렇듯 살짝 가미된 아이러니와 함께 워크맨을 향한 페티시가 만들어졌다.

왜 아날로그 노스탤지어인가?

워크맨과 카세트만이 마니아가 존재하는 유일한 아날로그 물건은 아니다. 아날로그에 대한 노스탤지어는 한 트렌드를 이루었다. 저널리스트 데이비드 색스는 2016년 저서 『아날로그의 반격』에서 바이닐, 몰스킨 공책, 서점, 보드게임의 급증하는 인기에 대해 기록했다.

색스는 이러한 종류의 아이템에 새로운 가치가 부여되는 데에는 몇 가지 광범위한 이유가 있다고 말한다. 하나는 희소성이다. 우리의 삶이 점점 더 디지털로 매개되면서 우리는 화면에서 벗어나 실제 페이지를 넘기거나 레코드에서 바늘이 딱딱거리는 소리를 듣는 흔치 않은 경험을 갈망하기 시작한다. 그리하여 이러한 경험은 드물게 찾을 수 있는 호사가 된다. 대부분 합성되고 대량 생산된 느낌의 세상에서 '자연'과 '장인'에 대한 숭배가 존재하는 이유 역시 마찬가지다.

희소성만이 유일한 이유는 아니다. 아날로그에는 몇 가지 고유한 장점도 존재한다. 우리는 촉각 경험을 좋아한다. 우리는 책의 냄새와 질감, 잉크가 종이에 닿을 때 들을 수 있는 타자기의 만족스러운 딸깍 소리 등 여러 감각을 자극하는 것을 선호한다. 이렇듯 물체의 관찰 가능한 특성과 그 물체가 하는 일 사이의 연관성을 감지하는 행위, 즉 물성에는 보다 인간적이고 가늠할 수 있는 무언가가 스며들어 있다. 테이프 리본이 움직이면 음악이 재생되고, 리본이 구겨지면 음악은 왜곡된다. 이 논리는 우리 몸의 논리와 같다. 인체의 기관과 팔다리의 움직임은 그 기능과 연결되어 있고, 부

상 또는 점진적인 고장에 취약하다.[28]

아날로그의 또다른 속성은 한계다. 우리는 한계를 원하지 않는다고 생각할 수 있지만 끝없는 선택과 정보의 영향은 마비를 일으키기도 하고 욕지기를 불러오기까지 한다. 한 권의 잡지를 손에 쥐는 것(색스는 이걸 '마감성finishability'의 가치라고 부른다[29]) 또는 리코딩된 음악의 전체 역사가 아니라 레코드 선반에서 음반을 고르는 일에서 우리는 안도감을 느낀다.

내가 꼽는 아날로그 기기의 마지막 미덕은 전문성이다. 얼마 전에 나는 알람시계를 하나 샀다. 지름이 약 13센티미터에 은색 금속으로 만든 이 시계는 흰색 표면, 검은색 숫자와 바늘, 두 개의 벨 사이에서 진동하는 추로 이뤄져 있다. 작은 발도

달려 있는데 욕조 위에 놓으면 잘 어울린다. 가격은 15달러에 불과하다. 이 시계를 산 이유는 휴대폰 알람 때문이었다. 스팸전화로 인해 너무 일찍 잠에서 깨는 경우가 많았기 때문이다. 이를 방지하려면 스마트폰에서 시계 앱을 찾은 다음 알람 기능을 선택하고 시간을 선택한 후 비행기모드를 켜야 했다. 반면 시계 알람은 뒷면의 손잡이를 돌리고 '켜기' 버튼을 누르기만 하면 끝이다.

스마트폰의 다재다능함, 즉 극도의 편리함은 분명한 장점이다. 하지만 다목적이기 때문에 도리어 각각의 개별 작업에 특화되어 있지 않다. 시계의 단순함, 시계의 디자인이 기능을 수행하는 방식, 그리고 시곗바늘이 움직이는 것을 보고 듣고, 심지어 종소리가 울리는 것을 느끼는 방식에는 아름다운 무언가가 있다. 테이프리코더가 지닌 기능들로부터 하나를 가져와서 워크맨이 등장했을 때 내게 그것이 얼마나 특이하게 느껴졌는지를 떠올려본다. 시계(또는 레코드 플레이어나 워크맨)는 매력적인 제과점이나 농산물 가판대, 의류 부티크나 파리의 빵집 같은 것이다. 스마트폰은 월마트와 비슷하다.

워크맨의 복수

다른 아날로그 제품들과 마찬가지로 워크맨의 단점 역시 이제는 미덕처럼 보인다. 그것은 그 자체로 가치 있고 우리의 것과는 다른 문화의 일부로 느껴진다. 우리는 워크맨을 떠올릴 때 더이상 방종이나 앨런 블룸이 말한 '자위 판타지' 같은 걸 생각하지 않는다. 그러기는커녕 오늘날의 선택지들과 비교하면 워크맨은 완전히 금욕적인 것처럼 보인다. 그래서 과거와는 달리 한계에 부딪히기도 한다.

퍼스널 스테레오

지금까지 살펴본 것처럼 워크맨 사용의 한 가지 공통된 주제는 통제에 대한 감각이다. 우리는 기분이 좋지 않을 때 몽키스나 에릭 사티의 음악을 들으면서 감정에 영향력을 행사할 수 있었다. 다른 사람과의 상호작용을 조절하기 위해 원할 경우 낯선 사람이 접근하지 못하도록 막을 수도 있었다. 시간을 되찾을 수도 있었다. 예를 들면 출퇴근 시간을 낭비하는 게 아니라 황홀경에 빠질 기회로 삼을 수 있었다.[30]

　　아이팟에 이어 스마트폰은 우리의 일상을 맞춤화할 수 있는 힘을 크게 확장했다. 하지만 무한한 선택권은 주어진 경험을 온전히 즐기는 데 방해가 될 수 있다. 〈선 킹〉을 듣다가 앨범의 다음 곡인 〈민 미스터 머스타드〉나 다른 비틀스의 노래, 또는 밥 딜런이나 롤링스톤스의 노래로 쉽게 건너뛸 수도 있고, 아예 장르를 바꿔 〈더 크로닉〉을 고를 수도 있다. 한데 이렇게 되면 〈선 킹〉을 집중해서 듣기가 좀 어려울지 모른다. 특히 〈애비 로드〉*를 처음부터 끝까지 들을 수 있는 인내심을 갖기란 더욱 힘들어졌다. 한 사람에게만 헌신하는 게 두

려워 온라인 데이트만 고집하는 사람이라면 공감할 것이다.

2010년에 '스너웃배거'라는 블로거는 이렇게 썼다. "아이팟 세대는 소니 워크맨의 놀라운 한계를 결코 알지 못할 겁니다. 내 생각에는 테이프 하나를 한 번에 강제로 듣게 하는 게 훨씬 좋아요. 오늘날 아이팟 / mp3 플레이어의 셔플과 플레이리스트 기능이 제공하는 무수한 아티스트와 노래의 조합보다는 말이죠. 이는 여러 면에서 LP가 왜 CD보다 더 좋은지를 보여주는 이유와 동일한 논리를 갖고 있습니다. 바로 아티스트가 의도한 순서대로 앨범 전체를 들어야 한다는 겁니다."[31] 〈뉴욕 타임스〉 편집자에게 온 편지에도 비슷한 사례가 쓰여 있다. "카세트는 집중력 있는 사람들, 아티스트가 직접 배치한 노래들을 30분 동안 듣거나 믹스테이프일 경우 60분에서 120분 동안 음악을 감상할 수 있을 만큼 관대한 사람들을 위한 것입니다. 카세트는 주의력이 부족하고, 수요만이 모든 것을 결정하고, 내내 빨리 감기만 해대고, 기껏해야 반 곡 정도 듣는 우리 문화에 대한 반작용입니다.”[32]

인내심을 갖고 관대하게 경청하는 스타일은 자기희생이 아닌 깨달음을 주는 쾌락주의다. 그것은 한방에 귀에 들어오지 않는 음악을 향유할 기회를 제공한다. 그뿐만 아니라 설령 노래를 좋아하는 법 자체를 배우지 못했더라도 노래를 계속 듣다 보면 어느 순간 노래를 듣는 것만으로도 즐거움이 배가되는 순간을 만끽할 수도 있다. 예를 들어 〈선 킹〉을 들으면서 기다리다가 〈민 미스터 머스타드〉가 흘러나오는 그때에 더 강렬한 기쁨을 느낄

* 〈애비 로드〉 앨범의 B면은 총 8곡이 이어지는 메들리 구성으로 되어 있다. 〈선 킹〉과 〈민 미스터 머스타드〉 역시 이 메들리에 포함되어 있다.

수도 있는 것이다.

워크맨이 우리에게 이상적인 수준의 통제권을 주었다면 그 후속 제품들은 우리에게 너무 많은 통제권을 부여했다. 그것들은 또한 또다른 의미에서의 통제력, 그중에서도 자기통제력과 자율성을 앗아갔다. 우리는 해야 할 일을 습관적으로 미루는 것이든, 앤서니 와이너 식 자기파괴든 하지 말아야 할 일이라는 것을 알면서도 클릭하고, 문자를 보내고, 트윗을 한다. 그리고 스마트폰은 많은 사람들이 걱정하는 감시와 사생활 침해의 증가를 방조한다. 미국 국가안보국이나 구글만을 가리키는 게 아니다. 나는 주변 사람들이 모두 카메라를 가졌고 인터넷에 연결되어 있다는 사실을 의식하지 않은 채 공공장소에서 알몸 수영을 하거나 슬

퍼서 눈물 흘리거나 담배를 피울 수 있었던 시절을 기억할 만큼 나이 들었다. (나는 또한 담배 피우는 모습을 숨기고 싶은 게 아니라 되려 보여주고 싶었던 시절을 기억할 만큼 나이 들었지만 그건 또다른 이야기다.)

스마트폰으로 음악을 듣는 것은 워크맨으로 음악을 듣는 것과는 다르다. 다시 말하지만 휴대폰의 기능은 서로를 약화한다. 우리는 끊임없이 방해와 유혹에 시달린다. 버스를 기다리거나 줄을 서서 기다리는 등의 자투리 시간이 긴장을 좀 내려놓는 게 아닌 페이스북 확인으로 채워진다. 워크맨은 그런 순간에 느끼는 지루함을 달래주긴 했지만 정신에 미치는 영향은 많이 달랐다. 워크맨은 공상을 위한 기계였다.

논리를 구부리는 힘

노스탤지어nostalgia는 그리스어로 고향으로 돌아간다는 뜻의 '노스토스nostos'와 고통스러운 상태를 뜻하는 '알기아algia'의 합성어다. 이 용어는 17세기 후반 집에서 멀리 떨어진 곳에 주둔한 일부 스위스 병사들이 겪는 심각한 향수병을 설명하기 위해 스위스 출신 의사 요하네스 호퍼가 만들었다. 증상으로는 낙담, 울음, 체중 감소, 자살 시도 등이 있었다.[33]

시간이 지남에 따라 이 단어의 의미는 진화했다. 이제 우리는 노스탤지어를 고통만이 아닌 즐거움 역시 수반하는 것으로 생각하는 경향이 있다. 그리움은 치유가 아닌 탐닉의 대상이다. 나는 브루클린 여름의 황혼, 젊었고 밤과 인생이 내 앞에 있던 달콤한 기억을 음미하면서 그 순간을 되돌릴 수 없다는 사실에 슬퍼한다. 더욱이 지금의 노스탤지어는 장소보다는 시간을 강조한다. 17세기 이후 장소는 점점 더 비슷해지고 시간은 점점 더 달라졌기 때문에 이러한 변화는 적절한 것처럼 보인다. 전 세계를 여행하는 중에 스타벅스의 캐러멜허니라테를 마시면서 엄마와 스카이프로 통화할 수 있다면 향수병은 쉽게 극복할 수 있을 것이다. 그러나 그것이 가능해지기 전까지 그리움은 떨쳐내기 어려운 것이었다.

노스탤지어는 특히 구식 기술과 밀접하게 관련된다. 그 이유는 기술이야말로 변화의 주체이고 따라서 현재의 세계를 과거와 다르게 만드는 데 큰 역할을 하기 때문이다. 현대와 급격한 기술 변화 이전에는 노스탤지어의 중심이 기술에 있지 않았을 것이다. 평생 수레와 랜턴을 사용했다면 무엇을 그리워하겠는가? 마찬가지로, 수십 년 동안 근본적으로 변하지 않은 냉장고나 전자레인지 같은 가전제품에 대해 노스탤지어를 느끼진 않는다는 점을 명심할 필요가 있다. 새로운 발명품에 대해 분개할 때, 그 새로운 발명품이 대체한 것들에 대한 사랑 중 일부는 바로 그 덕분에 가지게 되었음을 우리는 종종 잊는다. 이렇듯 기술에 대한 노스탤지어는 제품의 진부함 정도에 따라 달라진다.

그렇다면 이 피할 수 없는 순환, 즉 불안에서 시작해 아쉬움으로 이어진 뒤 이것이 반복되는 궤적을 어떻게 이해해야 할까? 불안은 부당한 것이고, 아쉬움은 망상이며, 둘 다 비합리적이라는 뜻일까? 아니면 걱정을 멈추고 기술혁신과 그 파급 효과를 사랑하는 법을 배워야 한다는 뜻일까?

내 생각에 약간의 사회적 불안은 새로운 기술의 광범위한 보급에 대한 완벽하면서도 적절한 반응이다. 그것은 이 낯설고 새로운 힘을 우리의 집단생활에 어떻게 동화시킬 것인지에 대한 긴급한 질문을 정리해주는 원동력이다. 우리에게 필요한 새로운 규범, 윤리, 법률을 모색하는 과정이기도 하다. 결국 불의 발견까지 거슬러올라가는 기술이 가져온 혜택에는 그에 상응하는 문제가 수반되기 마련이다.

노스탤지어에 관해서 말하자면 거기에는 특정 소비재에 대한 페티시를 드러내거나 조금 더 이른 시기의 소비자본주의를 그리워하는 것 등 뭔가 기분 나쁜 점이 존재한다. 크리스토퍼 라시는 이렇게 주장했다. "우리 사회는 '노스탤지어'를 문화 교류 측면에서 시장성 있는 상품으로 만들었다. (…) 또한 그것을 구식 소비 스타일이나 이미 폐기된 패션, 태도 등과 동일시함으로써 과거를 시시하게 만들었다."[34] 사실 내가 가장 그리워하는 것은 워크맨이 아니다. 이후 등장한 기술에는 없었던 바로 그것, 즉 자유로움이다.

워크맨은 몇 가지 이슈를 촉발했는데 그것들은 차후의 혁신과 함께 더욱 심화되었다. 지속적인 자극의 필요성, 공공 공간의 지나친 개인화, 안전 문제(예: 운전 중 문자메시지) 등등. 그러니까, 워크맨에 대한 당시 사회의 불안은 이러한 변화를 점진적으로 처리하는 방식이었다. 또한 이것은 불안과 노스탤지어가 비합리적이지 않은 이유이기도 하다. 어떤 경우에 발전은 더 큰 문제를 야기하기도 한다.

물론 스마트폰은 퍼스널 스테레오와 여러 측면에서 완전히 다르다. 워크맨과 달리 스마트폰은 사회적·정치적 도구다. 길거리에서 피를 흘리며 죽어가는 이란 시위대의 영상을 생각해보라. 또는 미국에서 발생한 경찰 총격 사건은 스마트폰으로 촬영되어 스마트폰으로 유포되고, 전 세계 스마트폰으로 시청되었다. 스마트폰은 응급상황에서 유용하고, 생명을 구하기도 했다. (워크맨의 열성적인 애호가들은 동의하지 않을 수도 있지만) 워크맨은 그렇게 할 수 없다.

오하이오주립박람회에서 헤드폰을 착용한 청소년에 대해 쓴 밥 그린의 한탄 섞인 글을 읽을 때 우리는 대체 어떻게 반응해야 알 수 없다. 지금은 어리석어 보이는 그의 고충을 생각하면서 우리의 고충 역시 별 근거 없는 거라는 식으로 위안 삼아야 할까? 아니면 그가 적은 근원적인 우려가 몇 배나 더 커졌다는 생각에 불안을 느껴야 할까?

알 수 없다. 워크맨과 다른 아날로그 기술이 나를 괴롭히지 않는 주된 이유는 그것들과 함께 자랐기 때문이라고 생각한다. 그것들은 세상이 어떤 곳인지에 대한 나의 기준선이었다.

환경운동가 데이비드 브로워에 관한 존 맥피의 저서 『대사제와의 조우』에서 저자는 자신이 사랑하는 산에 대한 침입을 극렬히 반대했던 브로워가 기차를 좋아했다고 언급한다. 맥피는 이렇게 썼다. "브로워에게 노스탤지어의 힘은 어떤 경우에는 논리를 구부릴 수 있을 만큼 강력하다. 그에 따르면 시에라를 지나는 철도는 괜찮다. 거기에 원래 있었으니까. 그러나 고속도로는 땅에 대한 공격이다."[35]

오늘날의 아이들에게 부모가 항상 손에 쥐고 있는 휴대폰과 가상 개인 비서인 아이패드, 하늘을

맴돌고 있는 드론 등은 더이상 특별한 무언가가 아니다. 미래에는 이러한 기술이 제한적이고, 조잡하고, 위협적이지 않고, 더 나아가 사랑받는 것처럼 보이면서 앞으로 등장할 기술에 비하면 아무것도 아닌 것처럼 느껴질 것이다. 그리고 우리는 더 단순했던 시절의 유물인 이 기술들을 추억할 것이다.

퍼스널 스테레오

에필로그

얼마 전 아직도 워크맨을 사용하는 현명한 친구에게 그것을 빌렸다. 그 안에는 그녀의 남편이 몇 년 전에 만들어준 카세트테이프가 들어 있었다. 어느 날 나는 휴대폰, 열쇠, 선글라스와 함께 워크맨을 가방에 넣고 대학 캠퍼스에 있는 사무실로 걸어 갔다.

캠퍼스 내 ATM과 푸드코트 근처 야외 테이블에 앉은 뒤 가방에서 그 물건을 꺼냈다. 묘하게 긴장되는 기분이었다. 사람들이 나를 이상하다거나 늙었다고 생각하지는 않을까? 지금의 나는 최초로 워크맨을 착용했던 그때처럼 똑같이 당황한 표정을 지을까?

주위를 둘러봤다. 근처에 학생 두 명이 테이

블에 각자 앉아 있었다. 그들은 나에게는 관심조차 없이 휴대폰만 들여다보는 중이었다. 나는 숨을 고르고 마침내 '재생'을 눌렀다. 그러고 나서는…… 아무 일도 일어나지 않았다. 헤드폰에서는 소리가 나지 않았고 카세트는 움직이지 않았다. 대체 무슨 일이지? 나는 아차 싶을 때까지 워크맨을 점검하고 만지작거렸다. 그러고는 워크맨을 뒤집고 뒷면의 배터리 칸을 열었다. 텅 비어 있었다.

감사의 말

세라 번스가 우리 팀이어서 고맙다. 크리스 샤버그는 빈틈없는 편집과 아낌없는 격려를 보내줬다. 하리스 나크비는 이 책이 나오기까지 친절하고도 전문적인 도움을 아끼지 않았다. 이언 보고스트를 비롯한 모든 사람에게 감사한다. 고급스러운 표지 디자인을 만들어준 앨리스 마워에게 감사한다. 수전 클레멘츠, 애니타 싱에게도 고마움을 전한다.

    UC어바인의 아카데미와 대중을 위한 포럼, 과학과 사회를 위한 뉴커크센터는 글을 쓰는 과정에서 많은 도움을 주었다. 내 연구의 많은 부분을 차지한 기사를 쓴 기자들에게도 큰 빚을 졌다. 인터넷에 대해 투덜거리긴 했지만 인터넷이 없었다면 이 책을 쓸 수 없었을 것이다.

많은 친구와 친구의 친구가 워크맨에 대한 추억을 공유하면서 도움을 줬다. 감사를 보낸다. 설령 여러분의 이야기가 실리지 않았더라도 분명히 영향을 줬다. 워크맨을 빌려준 캐스케이드 소르티와 워크맨을 선물해준 존 팔라텔라에게 고마움을 전한다. 나의 수많은 질문에 인내심을 갖고 답변해준 안드레아스 파벨에게 감사한다. 키스 베레스퍼드는 안드레아스 파벨을 찾는 데 큰 도움을 줬다. 내 질문에 시간을 내어 답변해준 소니의 토머스 래멀과 료이치 누마타에게도 감사 인사를 전한다.

제프 와서스트롬, 잭 레너, 배리 시걸은 이 책의 일부에 대해 유용한 의견을 제공하고, 내가 워크맨이라는 비밀에 다가갈 수 있게 해줬다. 에번 킨들리는 '지식산문 O' 시리즈를 알려줬고 그 과정에서 귀중한 지침을 제공했다.

워크맨을 듣기 시작할 무렵 이후로 로절리 메트로의 지혜는 내 글과 삶을 풍요롭게 만들었다. 마크 잉글러는 이 책을 비롯해 내가 쓴 거의 모든 글에 대해 예리한 피드백을 주었다.

멀린다 터허스와 로버트 더브로는 애정 어린 지원과 엄청난 성실함을 보여줬다. 선한 마음과 천연덕스러운 유머감각을 지닌 대니얼 터허스더브로, 관대하면서도 열정으로 넘쳤던 제인 마란츠, 폴 마란츠에게도 감사를 보낸다.

귀엽고 씩씩한 엘리자 고마워. 니콜라스, 당신은 선물 같은 사람이야. 웃게 해줘서 고마워요.

주

들어가며

[1] Scott Campbell, "Giving Up My iPod for a Walkman,"
    BBC News Magazine, June 29, 2009.

[2] Martin Linton, "Sound of Walkman Discord Reaches
    Patent Court," *Guardian*, October 13, 1992.

[3] Peter Popham, "The Creator of Our Private
    Universe," *Independent*, March 22, 1996.

1. 참신함

[1] Akio Morita with Edwin M. Reingold and Mitsuko
    Shimomura, *Made in Japan: Akio Morita and Sony*
    (New York: E. P. Dutton, 1986), 47. 이 단락과 그 이
    전 단락에 언급한 사실들은 다음을 바탕으로 쓴 것이
    다. Paul J. Bailey, *Postwar Japan: 1945 to the Present*
    (Oxford, UK: Blackwell Publishers, 1996), 22~24

[2] John Nathan, *Sony: The Private Life* (Boston and
    New York: Houghton Mifflin Company, 1999),
    12. 군국주의 지도자들에 대한 비판은 다음을 보라.

Morita, 29.

[3] 별도의 언급이 없는 한 소니의 기원에 대한 정보는 모
리타가 말한 것이다.

[4] Nathan, *Sony*, 4. 만났을 당시 둘의 나이는 소니를 통
해 알게 된 것이다.

[5] Morita, *Made in Japan*, 13.

[6] Nathan, *Sony*, 7에서 인용함. 이부카의 아버지가 사
망했을 당시 이부카의 나이에 대한 자세한 정보는 소
니를 통해 알게 된 것이다.

[7] 앞의 책, 4~7. 소니가 제공한 정보에 따라 일본어를
"Running Neon"으로 번역했다.

[8] http://www.sony.net/SonyInfo/CorporateInfo/
History/prospectus.html(2017. 4. 19. 접속) 창립설
명서는 1946년 작성됐다. 회사의 초기 역사는 조금 복
잡했다. 이부카는 처음에 도쿄통신연구소라는 이름
을 붙였다. 1946년 5월 모리타가 합류한 상태에서 도
쿄통신공업주식회사로 법인 인가를 마쳤다. 소니로
공식 사명이 변경된 때는 1958년이었다.

[9] Morita, *Made in Japan*, 47.

[10] Nathan, *Sony*, 22.

[11] Morita, *Made in Japan*, 48.

[12] Nathan, *Sony*, 14~15.

[13] Frank Swinnerton, "A Defence of the Gramophone,"
Gramophone I (1923), 52~53; Mark Katz, *Capturing
Sound* (Berkeley: University of California Press,
2010), 22에서 재인용.

[14] Katz, *Capturing Sound*, 23~24.

[15] *Disques* 2 (August 1931), 240; Katz, *Capturing
Sound*, 21에서 인용함.

[16] Orlo Williams, "Times and Seasons," *Gramophone* I

(1923), 38~39; Katz, *Capturing Sound*, 20에서 재인용.

[17] Evan Eisenberg, *The Recording Angel: Music, Records and Culture from Aristotle to Zappa*, 2nd ed. (New Haven, CT: Yale University Press, 2005), 22.

[18] Walter Benjamin, *Illuminations: Essays and Reflections*, edited and with an introduction by Hannah Arendt, translated by Harry Zohn (New York: Schocken Books, 1968), 220.

[19] Eisenberg, *The Recording Angel*, 13.

[20] Michael Brian Schiffer, *The Portable Radio in American Life* (Tucson and London: The University of Arizona Press, 1991), 181.

[21] P. Ranganath Nayak and John M. Ketteringham, *Breakthroughs!* (New York: Rawson Associates, 1986), 136.

[22] Nathan, *Sony*, 36.

[23] Morita, *Made in Japan*, 99.

[24] 앞의 책, 79.

[25] 앞의 책.

[26] Nathan, *Sony*, 150~51.

[27] Jon Woronoff, "Who in Sony Invented Walkman?" *Japan Economic Journal*, June 9, 1981.

[28] Vivek Chaudhary, "Eccentric Left Penniless in Quest to Be Recognised as a Seer of the Audio Revolution," *Guardian*, March 22, 1996.

[29] 예를 들어 Popham, "The Creator of Our Private Universe"를 보라. 그리고 Lincoln Caplan, "The Walkman," *New Yorker*, September 21, 1981.

[30] Nayak and Ketteringham, *Breakthroughs!*, 136.

[31] 앞의 책, 130~37.

[32] Karin Bijsterveld and Annelies Jacobs, "Storing Sound Souvenirs: The Multi-Sited Domestication of the Typewriter," in *Sound Souvenirs: Audio Technologies, Memory and Cultural Practices*, Karin Bijsterveld and Jose van Dijck, eds. (Amsterdam: Amsterdam University Press, 2009), 29.

[33] Nayak and Ketteringham, *Breakthroughs!*, 135.

[34] Morita, *Made in Japan*, 79.

[35] 소니가 제공한 정보.

[36] Morita, *Made in Japan*, 80.

[37] 앞의 책, 81.

[38] 별도의 언급이 없는 한, 파벨에 대한 모든 정보는 저자와의 인터뷰 또는 이메일을 통해 얻은 것이다.

[39] 래리 로터가 〈뉴욕 타임스〉에 쓴 글에서 이 이야기의 대부분을 읽을 수 있다. Larry Rohter, "An Unlikely Trendsetter Made Earphones a Way of Life," *New York Times*, December 17, 2005. 이 기사 역시 파벨에게서 얻은 정보로 쓴 것이다.

[40] Christine Montgomery, "Music to Our Ears," *St. Petersburg Times*, July 12, 2009.

[41] Ian Katz, "'Inventor' of Personal Stereo Experiences Ultimate Switch-off," *Guardian*, January 16, 1993.

[42] Andreas Pavel, "The Coming Audio Revolution: a report on the STEREOBELT audio system," 1977, 파벨은 이 미발표 원고를 나에게 보내줬다. 자신의 특허를 주장하는 와중에 그는 몇 가지를 예상했는데 마치 스마트폰의 용도와 비슷하다. "추가적인 장치를 통해

퍼스널 스테레오

다른 기능들을 제공함으로써 현재 시스템에서 필수적인 휴대용 고음질 재생 기능을 더욱 보완할 수 있을 것이다. 예를 들면 입체적인 사운드 녹음을 위한 필수 장비를 제공하고, 이 녹음에 이미지를 동시에 리코딩해 동기화할 수 있을 것이다. 합성을 통해 일렉트로닉 음악을 만들 수 있을 것이고, 사용자의 생리적인 변수(뇌파, 심장 박동, 피부 저항력)를 파악해서 생체 건강 정보를 얻기 위한 오디오 시그널로 변환할 수 있을 것이다. 워키토키 타입의 음성 통신 및 텔레비전 오디오 신호를 포함한 추가적인 라디오 대역 수신도 할 수 있을 것이다."

[43] Martin Linton, "Sound of Walkman Discord Reaches Patent Court," *Guardian*, October 13, 1992.

[44] Katz, "'Inventor' of Personal Stereo Experiences Ultimate Switch-off."

[45] Dominic Kennedy, "Defeat for the Little Man in £1 Million War of Walkmans," *Daily Mail* (London), January 14, 1993.

[46] Katz, "'Inventor' of Personal Stereo Experiences Ultimate Switch-off."

[47] Natasha Narayan and Ian Katz, "Judgment is Music to Sony's Ears," *Guardian*, January 14, 1993.

[48] Katz, "'Inventor' of Personal Stereo Experiences Ultimate Switch-off."

[49] "Walkman Battle Costs Taxpayers Pounds 500,000," *Independent*, March 22, 1996; Chaudhary, "Eccentric Left Penniless in Quest to Be Recognised as a Seer of the Audio Revolution."

[50] Charles Arthur, "Pioneer of Personal Stereo Wins Millions in Sony Case," *Independent*, June 3, 2004.

[51] Nayak and Ketteringham, *Breakthroughs!*, 134~35.

[52] Schiffer, *The Portable Radio in American Life*, 9.

[53] 소니가 제공한 정보다. 마케팅 전략에 대한 세부정보
는 다음을 보라. Morita, *Made in Japan*, 81.

[54] 저자와 인터뷰한 내용이다.

[55] Ron Alexander, "Stereo-to-Go—and Only You Can
Hear It," *New York Times*, July 7, 1980.

[56] "Japan's Next Assault," *Observer*, October 5, 1980.

[57] 소니가 제공한 정보다.

[58] Bruce Headlam, "Origins; Walkman Sounded Bell
for Cyberspace," *New York Times*, July 29, 1999.

[59] Alexander, "Stereo-to-Go."

[60] Rick Horowitz, "Our Tuned-in World Is Tuning
Out," *Chicago Tribune*, August 16, 1981.

[61] Alexander, "Stereo-to-Go."

[62] 앞의 글.

[63] Lyle Owerko, *The Boombox Project: The Machines,
the Music, and the Urban Underground* (New York:
Harry N. Abrams, 2010), 13.

[64] 앞의 책, 62.

[65] 앞의 책, 26.

[66] Raymond A. Joseph, "Hey, Man! New Cassette
Player Outclasses Street People's 'Box,'" *Wall
Street Journal*, June 23, 1980.

[67] Owerko, *The Boombox Project*, 26.

[68] Alexander, "Stereo-to-Go."

[69] Joseph, "Hey, Man!"

[70] Owerko, *The Boombox Project*, 6.

[71] Alexander, "Stereo-to-Go"; Joseph, "Hey, Man!"

[72] George Dullea, "Private Music and Public Silence,"

New York Times, April 17, 1981.

[73] Linnea Lannon and Genevieve Buck, "In or Out? A Chic List of 100 Things Now in Fashion," *Chicago Tribune*, August 11, 1980.

[74] Lincoln Caplan, "The Walkman," *New Yorker*, September 21, 1981. 당시 '장안의 화제' 기사에는 저자의 이름이 없었다. 현재는 아카이브의 인용문에 이름이 언급되어 있다.

[75] Alexander, "Stereo-to-Go."

[76] Dullea, "Private Music and Public Silence."

[77] Rainer Schönhammer, "The Walkman and the Primary World of the Senses," *Phenomenology and Pedagogy*, Volume 7 (1989), 140. 이 글은 워크맨 논쟁이 한창이었던 때보다 늦게 쓰였지만 감각적인 경험을 심도 있게 표현했다는 판단하에 언급한다.

[78] 앞의 글, 137.

[79] 앞의 글, 134.

[80] Karl Ove Knausgaard, *My Struggle : Book One, trans. Don Bartlett* (New York : Farrar, Straus and Giroux, 2013), 150.

[81] Elizabeth Morgan, "Walkman," *New Yorker*, January 2, 1989. 주 74와 마찬가지로 저자의 이름이 이제는 아카이브에 등록되어 있다.

[82] Headlam, "Origins."

2. 규범

[1] 저자와의 인터뷰 및 이메일 교환을 통해 얻은 정보다.

[2] "Sony Walkman sales exceed 50 million units," *Japan Economic Journal*, July 15, 1989.

[3] 앞의 글.

[4] Vic Sussman, "Changing My Tune About the Walkman," *Washington Post*, February 15, 1987.

[5] N. R. Kleinfield, "Toys the Big Kids Are Buying," *New York Times*, December 1, 1985.

[6] Stuart Auerbach, "Smugglers Thrive in Protectionist India," *Washington Post*, July 21, 1982.

[7] Fred Hiatt and Margaret Shapiro, "Foreign Journal; All the News That's Fit to Eat," *Washington Post*, July 16, 1990.

[8] Popham, "The Creator of our Private Universe."

[9] Arnold E. Katz, et al., "Stereo Earphones and Hearing Loss," *New England Journal of Medicine* 307 (1982), 1460~61.

[10] Hans Fantel, "Sound; Warning Lights Flash for Earphone Users," *New York Times*, July 24, 1983.

[11] Nick Rufford and Max Prangnell, "They're Just Craving for a Walkman," *Sunday Times* (London), October 18, 1987.

[12] Hans Fantel, "Sound; Listeners Pay a High Price for Loud Music," *New York Times*, March 18, 1990.

[13] Joyce Purnick, "Council Bill Seeks Headphone Curbs," *New York Times*, August 19, 1982.

[14] Iris Schneider, "Just an Aspect of Inner Tripping: Headphones Make World Go Away; Boredom Cited," *Los Angeles Times*, February 11, 1982.

[15] Purnick, "Council Bill."

[16] Ann Morris, "How One Town's 'Don't Walk(man)' Message Is Faring," *Christian Science Monitor*,

November 5, 1982.

[17] 앞의 글.

[18] Leon Wynter, "Train Kills Bike Rider in Headphones," *Washington Post*, November 5, 1983.

[19] Michael J. Sparato, "Evils and Dangers: Stereo Headphone Sets Stir Concern," *Los Angeles Times*, November 21, 1982.

[20] William Stockton, "On Your Own: Fitness; Taking Precautions for Outdoor Exercise," *New York Times*, March 13, 1989.

[21] Alice Digilio, "The Best Books You've Ever Heard," *Washington Post*, February 10, 1983.

[22] Ruth Robinson, "Sound Travel Advice," *New York Times*, March 27, 1983.

[23] Andrew J. Bottomley, "'Home Taping Is Killing Music': the Recording Industries' 1980s Anti-Home Taping Campaigns and Struggles Over Production, Labor and Creativity," *Creative Industries Journal*, 8, no. 2 (2015), 6. *Copyright & Home Copying: Technology Challenges the Law*, United States Congress, Office of Technology Assessment, 1989, 171도 보라.

[24] Bottomley, "Home Taping," 1.

[25] William Dawkins, "Music Industry Faces Far-reaching Changes," *Globe and Mail*, February 20, 1984. 홈테이핑 관련한 미국 측의 대응은 주 27에 언급한 제럴드 골드의 책에 나와 있다.

[26] Bottomley, "Home Taping," 1.

[27] Gerald Gold, "News of Records: Cassette Sales Booming Amid 'Pirating' Dispute," *New York*

    Times, August 26, 1982.

[28] RIAA US Sales Database: https://www.riaa.com/
u-s-salesdatabase/ (2016.12.17. 접속).

[29] Gary Gumpert의 말, Andrew Williams, *Portable
Music and Its Functions* (New York: Peter Lang
Publishing, Inc., 2007), 58에서 인용함.

[30] Bob Levey, "Wanted: Industrial Strength
Earphones," *Washington Post*, October 31, 1988.

[31] Paul du Gay, et al., *Doing Cultural Studies: The
Story of the Sony Walkman*, 2nd ed. (New York:
Sage, 1997, 2013), 164에서 인용함. 책에서는 빈센
트라고 언급하지만 빈스라고 언급하는 경우도 있다.

[32] Georg Simmel, "The Metropolis and Mental Life,"
in *The Blackwell City Reader, eds. Gary Bridge and
Sophie Watson* (Oxford, UK and Malden, MA:
Wiley-Blackwell, 2002), 12.

[33] Walter Benjamin, *The Writer of Modern Life: Essays
on Charles Baudelaire, ed. Michael W. Jennings*
(Cambridge, MA: Belknap Press, 2006), 68에서 인
용함. 가위스를 언급한 보들레르의 글을 베냐민이 인
용한 것이다.

[34] Rainer Schönhammer, "The Walkman and the
Primary World of the Senses," *Phenomenology and
Pedagogy* 7 (1989), 130.

[35] 앞의 책, 133.

[36] Shuhei Hosokawa, "Th e Walkman Eff ect," *Popular
Music* 4 (1984), 177.

[37] Rick Horowitz, "Our Tuned-in World Is Tuning
Out," *Chicago Tribune*, August 16, 1981.

[38] Bob Greene, "First, Drug Abuse; Now, Earphone

퍼스널 스테레오

Abuse," *Chicago Tribune*, August 24, 1981.

[39] Jack Straw, "When Society is Dumped," *Times* (London), January 22, 1990.

[40] http://www.pbs.org/wgbh/americanexperience/ features/primary-resources/carter-crisis/ (2016.12.17. 접속).

[41] Tom Wolfe, "The 'Me' Decade and the Third Great Awakening," *New York*, August 3, 1976.

[42] A. N. Wilson, "As the Walkman Returns After 30 Years, Why We'd All Be Happier if We'd Never Heard of the Gadget That Helped Break Britain," *Daily Mail*, May 14, 2009.

[43] "What Happens When Americans Stop Dreaming in Colour?" *Economist*, October 16, 1982.

[44] Richard Sigal, "Some Thoughts on Disrespect," *New York Times*, May 1, 1983.

[45] Allan Bloom, *The Closing of the American Mind: How Higher Education Has Failed Democracy and Impoverished the Souls of Today's Students* (New York: Simon & Schuster, 1987), 82.

[46] 앞의 책, 89. 정치적으로는 분류하기 어렵지만 크리스 토퍼 라시는 일반적으로 문화적인 측면에서 보수적 인 인물로 여겨진다. 그에게도 가족의 쇠퇴는 20세기 후반의 주요한 흐름이었다.

[47] 앞의 책, 68.

[48] 앞의 책, 74~75.

[49] 앞의 책, 81.

[50] Christopher Lasch, *The Culture of Narcissism: American Life in an Age of Diminishing Expectations* (New York: W. W. Norton and Company, 1979), 4.

[51] Marc Stern, "The Fitness Movement and the Fitness Center Industry, 1960~2000," *Business and Economic History Online* 6 (2008), 13.

[52] "Vogue's Point of View: There's More to Keep Your Eye on This Month," *Vogue*, December 1983.

[53] Curt Suplee, "Green Snow," *Washington Post Magazine*, August 7, 1983.

[54] John Ehrman, *The Eighties* (New Haven, CT: Yale University Press, 2005), 122~23.

[55] David Remnick, *Lenin's Tomb: The Last Days of the Soviet Empire* (New York: Random House, 1993), 199~204.

[56] "A Comparison of the US and Soviet Economies: Evaluating the Performance of the Soviet System," *CIA Office of Soviet Analysis*, 1985, v. (이 문서는 원래는 기밀이었다가 1999년에 수정된 채 공개되었다.)

[57] Alison Muscatine and Caryle Murphy, "KGB Defector Wages War Against Soviet System," *Washington Post*, May 29, 1983.

[58] Ken Denlinger, "Soviets Know L.A. Olympics By the Letter," *Washington Post*, July 27, 1984.

[59] Andrew McCathie, "West Germans Test Drive the Freedom Car," *Australian Financial Review*, November 24, 1989.

[60] Morita, *Made in Japan*, 3.

[61] Schiffer, *The Portable Radio in American Life*, 203.

[62] Morita, *Made in Japan*, 77.

[63] Bailey, *Postwar Japan*, 142.

[64] Robert J. Crawford, "Reinterpreting the Japanese

퍼스널 스테레오

Economic Miracle," *Harvard Business Review*, January–February 1998.

[65] Peter Ross Range, "Playboy Interview: Akio Morita," *Playboy*, August 1982.

[66] 앞의 글.

[67] "Trade in Goods with Japan," United States Census Bureau, https://www.census.gov/foreign-trade/balance/c5880.html (2016.12.28 접속).

[68] 앞의 글.

[69] Curt Suplee, "Buy American; Sayonara, Apple Pie. Auf Wiedersehen, Detroit: We're on the Guilt-Edged Road to Deficit City," *Washington Post*, August 4, 1982.

[70] Michael Bull, *Sounding Out the City: Personal Stereos and the Management of Everyday Life* (London: Bloomsbury Academic, 2000), 17.

[71] 앞의 책, 1.

[72] 앞의 책, 22.

[73] 앞의 책, 37~38.

[74] 앞의 책, 34.

[75] 앞의 책, 26.

[76] 앞의 책, 36.

[77] 앞의 책, 27.

[78] Jaclyn Packer, "Sex Differences in the Perception of Street Harassment," in *The Dynamics of Feminist Therapy*, ed. Doris Howard (Philadelphia: Haworth Press, 1986), 331~32.

[79] Eisenberg, *The Recording Angel*, 136~37.

[80] 저자와의 인터뷰 및 이메일 교환을 통해 얻은 정보다.

[81] 저자와의 인터뷰 및 이메일 교환을 통해 얻은 정보다.

[82] Marco R. della Cava, "Social Hazards of the Headset Mindset," *USA Today*, June 21, 1989.

[83] 소니로부터 얻은 정보다. 다른 곳에서는 기념 워크맨이 2천 대 만들어졌다고 했지만 소니는 200대였다고 말했다.

[84] Elaine Chow, "Tuning in, and Tuning Out: The Walkman Way: 10-year-old Sony Walkman Has Changed American Culture," *St. Petersburg Times*, July 2, 1989.

[85] Joe Joseph, "Japanese Gift is Music to GIs' Ears," *Times* (London) December 19, 1990.

[86] Michael Schrage, "You Are the Media You'll Wear; The Tiny Phone, TV, Stereo and the Computer You Carry Are You," *Washington Post*, September 16, 1984.

3. 노스탤지어

[1] Fred Goodman, "MP3 Technology Poised to Redefine Music Industry," *Rolling Stone*, March 9, 1999.

[2] Lee Gomes, "Napster Alters Its Software in Bid to Appease Colleges," *Wall Street Journal*, March 23, 2000.

[3] Tom Lamont, "Napster: The Day the Music Was Set Free," *Guardian*, February 23, 2013.

[4] Jaan Uhelszki, "Metallica Sue Napster for Copyright Infringement," *Rolling Stone*, April 13, 2000.

[5] Jonathan Sterne, *MP3: Th e Meaning of a Format* (Durham, NC: Duke University Press, 2012), 7.

[6] Steven Levy, *The Perfect Thing* (New York: Simon & Schuster, 2006), 49.

[7] 앞의 책, 9.

[8] 남편은 빨리 감기 버튼을 끝까지 누르지 않고 특정 방향으로 누르면 음악을 더 빨리 들을 수 있으며 언제 멈춰야 하는지도 정확히 알 수 있다고 말했다. 나는 이게 가능한지 몰랐다.

[9] 소니는 디스크맨이 워크맨 판매량에 근접한 적이 없다고 확인해줬다.

[10] Levy, *The Perfect Thing*, 4.

[11] 앞의 책, 11.

[12] Hiroko Tabuchi, "How the Parade Passed Sony By," *New York Times*, April 15, 2012.

[13] Nathan, *Sony*, 1.

[14] 앞의 책, 2.

[15] 앞의 책, xi.

[16] 앞의 책, 2.

[17] Sohrab Vossoughi, "Strategy, Context, and the Decline of Sony," *Harvard Business Review*, April 25, 2012을 보라.

[18] Tabuchi, "How the Parade."

[19] Brian Hiatt, "Firms Play Both Sides of Napster Case," *MTVnews.com*, August 25, 2000. http://www.mtv.com/ news/1123445/firms-play-both-sides-of-napster-case/(2017.4.30. 접속).

[20] Walter Isaacson, *Steve Jobs* (New York: Simon & Schuster, 2011), 407.

[21] Dan Graziano, "Sony Reports Record Annual Loss of $5.7 Billion," *BGR*, May 10, 2012, http://bgr.com/2012/05/10/sonyannual-loss-sets-record/

(2017.4.24. 접속). 소니는 몇 년간 계속 어려움을 겪었지만 최근 비용 절감과 플레이스테이션 및 휴대폰의 성공으로 다시 수익이 증가했다고 보고했다.

[22] "Cell Phone Subscribers in the U. S., 1985~2010," CTIAThe Wireless Association, http://www.infoplease.com/ipa/ A0933563.html (2016.12.22. 접속).

[23] pocketcalculatorshow.com/walkman/museum (2016.12.22. 접속).

[24] walkmancentral.com (2017.4.19. 접속).

[25] Alexander Harris, "Price for 'Guardians of the Galaxy' Walkman Skyrockets on eBay," StackStreet, August 12, https:// stackstreet.com/price-guardians-galaxy-walkman-skyrocketsebay (2016.12.22. 접속).

[26] Marc Hogan, "This Is Not a Mixtape," *Pitchfork*, February 22, 2010, http://pitchfork.com/features/article/7764-this-is-not-amixtape/ (2017.1.2. 접속).

[27] Jeniece Pettitt, "This Company Is Still Making Audio Cassettes and Sales Are Better Than Ever," Bloomberg.com, September 1, 2015, https://www.bloomberg.com/news/articles/2015-09-01/ this-company-is-still-making-audio-cassettes-and-sales-arebetter-than-ever (2017.5.20. 접속).

[28] 이 점에 대해 조너선 스턴은 이렇게 썼다. "손상된 디스크나 자기테이프로부터 우리는 약간의 정보를 얻을 수 있다. 예를 들어 오래된 녹음은 손상된 홈을 통과할 때 '쉿' 하거나 딱딱거리는 바늘과 함께 소리를 들을 수는 있지만 디지털 데이터는 더 급진적인 가독

226

성 임계값을 갖고 있다. 데이터를 읽어낼 수 있다가도 부패가 눈에 띄기 시작하면 그 파일은 완전히 읽을 수 없게 된다. 다시 말해 디지털 파일에서는 노화가 발생하지 않는다. 아날로그 기록이 서서히 사라지는 반면 디지털 기록은 마치 절벽에서 떨어지는 것처럼 존재에서 부재로 곧장 진행된다.”(“The Preservation Paradox in Digital Audio,” in *Sound Souvenirs*, Bijsterveld and van Dijck, eds., 64).

[29] David Sax, *The Revenge of Analog: Real Things and Why They Matter* (New York: PublicAffairs, 2016), 114.

[30] 마이클 불 역시 이 점을 강조했다. 이 책의 2장에서 읽을 수 있다.

[31] The Snout Bag, September 4, 2010, http://rubbersnout.blogspot.com/2010/09/walkman-nostalgia.html (2016.12.22. 접속).

[32] “Letters: Appreciating the Virtues of the Maligned Cassette,” *New York Times*, December 31, 2015.

[33] Fred Davis, “Nostalgia, Identity and the Current Nostalgia Wave,” *Journal of Popular Culture* (Fall 1977), 414.

[34] Lasch, *The Culture of Narcissism*, xxvii.

[35] John McPhee, *Encounters with the Archdruid* (New York: Farrar, Straus and Giroux, 1977), 29.

옮긴이 배순탁

음악평론가, 방송작가. 〈배철수의 음악캠프〉작가로 2008년부터 활동했다. 〈무한도전〉〈라디오스타〉〈마이 리틀 텔레비전〉〈방구석 1열〉등 이런저런 방송에 출연하면서 아주 약간 이름을 알렸다. 경향신문, 조선일보, 한국일보, 시사IN, 씨네21 등의 매체에 기고했거나 기고 중이다. 여러 권의 책을 발간했고,『모던 팝 스토리』와『레코드 맨』을 번역했다. 홍익대학교 영어영문학과를 오래전에 졸업했고, 얼마 전 마침내 동 대학원을 수료했다. 현재 밥 딜런에 관한 석사논문을 준비 중이다.

지식산문 O 02

퍼스널 스테레오

초판 인쇄 2025년 3월 7일
초판 발행 2025년 3월 20일

지은이 리베카 터허스더브로
옮긴이 배순탁

펴낸곳 복복서가(주)
출판등록 2019년 11월 12일 제2019-000101호
주소 03720 서울특별시 서대문구 연희로 28길 3
홈페이지 www.bokbokseoga.co.kr
전자우편 edit@bokbokseoga.com
마케팅 문의 031) 955-2689

ISBN 979-11-91114-79-9 04800
       979-11-91114-74-4 (세트)